VALSA
de esquina

Coleção de literatura
brasileira contemporânea

ProacSP
Incentivo à Cultura do
Estado de São Paulo

GOVERNO DO ESTADO
SÃO PAULO
Secretaria da Cultura

Martina em movimento

/

Flávia Bolaffi

1ª reimpressão

Editora Quelônio

Para minha mãe, minha irmã e para as mulheres
que me mostraram como me tornar mulher.
Para a Luísa, a quem ensino e com quem aprendo.
Para o Tom, pelo contraste e pela semelhança.

Ao Rogério, por tudo.

Me deixo ficar, imóvel, espremida na minha metade, o meu lado da cama. Se eu não me mexer, as duas metades continuam a existir. Fico. Prendo a respiração e conto os segundos, não consigo. Puxo o ar pelas narinas, meu tórax infla, meus olhos tremem, a dor escapa e se espalha como agulhas finas, o sangue circula, e eu desperto. A imobilidade não me protege mais. Movo os dedos e a cabeça, o movimento ganha ritmo e eu meneio o tronco de um lado para o outro, como se estivesse ninando um bebê. Do meu lado direito, o espaço vago, a metade maior, o lado do Jorge. Do meu lado esquerdo, um abismo. O lençol amassado me envolve e me retém, apalpo o tecido, conheço a textura morna desse lençol: "Fica, Martina".

Desobedeço e não fico. Meu tronco gira sobre si mesmo e tombo para fora, despenco no chão e as duas metades se desfazem, a cama fica toda vaga. Levanto num impulso, meu corpo se apruma inteiro, livre. Com inesperada vontade caminho até a janela, sentindo o assoalho e o lençol que me acompanha enroscado em um dos meus pés. Afasto com um chute o tecido morto, abro a janela, e a claridade destrói, de uma só vez, a penumbra e a coragem dos meus primeiros gestos. Fecho os olhos, os sons de fora não chegam, apenas um tumulto interno, ruído de vozes e ordens. Escuto as orientações: "vem, Martina", "vai Martina", "fica". Obedeço.

A manhã já vai pela metade, não sinto mais o cheiro de café. Debruço na janela e olho para fora, lá embaixo uma mulher passeia com seu cachorro na coleira, as crianças não brincam no pátio e a piscina está abandonada num tom de verde. Um carro freia e buzina, uma nuvem esconde o sol, as vozes se calam. No silêncio momentâneo escuto minha voz infantil que antecedia o voo cego e fico aguardando a voz firme do meu irmão: "Vem, Martina". Não ouço resposta.

Escapo para o banheiro e sinto a umidade. Fecho a porta sem fazer barulho, como se alguém ainda pudesse dormir na claridade do quarto. A bancada da pia também tem os dois lados, o do Jorge está vago e o outro tem frascos em desordem. Espalho desajeitada as minhas coisas. Fecho os olhos, aspiro e um conforto se espalha: o cheiro de Jorge. Ele foi, mas deixou seu cheiro.

Meu corpo embalado pede que eu vá e eu me largo na volúpia do perfume conhecido, só mais essa vez.

Quando conheci Jorge, eu ainda estava na faculdade, ele não. Eu estava sentada na mureta no topo da escadaria da biblioteca, era um lugar alto, ao ar livre, mas eu não tinha medo, gostava de ficar lá, suspensa, as pernas balançando. O que eu via lá de cima era a parte velha da faculdade, uma construção sólida de tijolos aparentes. A ala nova, de concreto e vidro, ficava no alto, atrás da biblioteca.

Eu esperava a próxima aula e ouvi nas minhas costas: "Você não tem medo de cair daí, menina?". Era uma voz grave, com um timbre que me despertou. Me virei, segurando na grade, para ver quem falava e vi um homem moreno, cabelo castanho, rosto talhado em linhas retas que terminavam arredondadas num queixo de tamanho exato. Não era professor, nem aluno, não era de lá, destoava de tudo. O nariz era grande e fino, lábios escuros e os olhos que olhavam para mim. Não reparei nas roupas, mas tinham o estilo que eu acharia bonito dali para frente.

— Medo?

— É, despencar lá pra baixo.

— Mas tem essa grade aqui, ó, fico presa pela barriga, não tem como.

Eu tentava explicar a física dos corpos, o motivo lógico pelo qual eu não poderia cair, dado que duas barras de metal paralelas se antepunham ao meu corpo me separando do abismo e do solo do pátio. Ele riu de mim, e eu entendi como tinha sido boba ao ficar dando explicações.

— Vem — ele disse, chegando seu corpo junto ao meu e me pegando pelo antebraço. — Desce daí, me dá aflição te ver pendurada.

Estava calor e eu vestia uma camiseta de alça, a mão dele envolveu meu braço, firme, me conduzindo para fora da mureta, eu fui. Desci e ele continuou me segurando e sorrindo, olhando nos meus olhos, depois me soltou escorregando a mão pelo meu braço até quase os dedos.

— Promete que nunca mais vai se pendurar aí? — ele insistiu, e eu só balancei a cabeça obedecendo e acho que sorri. — Amanhã vou voltar aqui nesse horário e quero te encontrar lá em baixo — Jorge continuou e apontou para o pátio que agora estava quase deserto, exceto por um grupo de meninas do primeiro ano que pareciam garotas de escola.

Ele pôs a mão no meu ombro, já quase no pescoço, se chegou e me deu um beijo na face, relando no canto da boca. Não perguntou meu nome. Desceu as escadas, cruzou o pátio em direção ao estacionamento, mas ao invés de ir ficando menor pela distância, quanto mais se afastava, mais crescia.

Fico mais um pouco, até meu olfato se acostumar com o cheiro e meu corpo deixar Jorge partir mais uma vez. Quanto mais se afasta, mais cresce. Sinto fome, vou até a cozinha preparar meu café. O corredor está ainda na penumbra e eu abro as janelas do apartamento para que a luz e os sons da cidade entrem e ocupem o espaço vago.

Encho a panela com água e coloco no fogo, observo a chama azulada duvidando que ela possa esquentar alguma coisa. Volto para a sala para buscar o jornal, talvez imitasse meu pai me refugiando em manchetes. Abro a porta e vejo o volume de papel dobrado sobre o capacho. Não pego, as notícias pertencem a Jorge.

Volto para a cozinha e mergulho o dedo na água fervente, preciso sentir no corpo o que antes era o óbvio. Minha pele queima. Bebo o café sem leite, não tem pão, era Jorge que comprava. Como torrada com geleia de laranja, que Jorge gostava. A casa está parada e a torrada crocante, escuto a minha mastigação e me assusto com um som que eu não conhecia.

Me lembro de refeições ruidosas, Carlos e Miguel brigando ou rindo alto, animavam a casa para que eu não escutasse o silêncio dos meus pais, a Preta embaixo da mesa esperando migalhas. Olho para o chão e não vejo migalhas. Aqui era Jorge falando, senhor das notícias do mundo, calava os sons que vinham de fora. Os carros rodavam nas pausas de sua voz e os pássaros deixavam para piar depois que ele terminasse de falar.

Tapo a boca para abafar o ruído, mas ele vem de dentro, paro de mastigar e percebo o silêncio. Não escuto um pio de pássaro, um rodar de carro ou freada de caminhão, a cidade morreu. Apenas eu e a torrada. Na minha boca, a massa de farinha e laranja vira uma bola que não consigo engolir; cuspo e a gosma mascada fica no prato.

Ando pelo apartamento sem ouvir nenhum barulho, não escuto meus passos, nem o silêncio de Jorge. Quando ele estava aqui, eu não prestava atenção, o espaço estava todo ocupado, cada coisa tinha o seu lugar. Ando pelo apartamento procurando entender a disposição das coisas e meu corpo esbarra em objetos que eu não sei se estão fora de lugar. Chego até o sofá, me sento e fecho os olhos tentando relembrar o que tem na sala: móvel, tapete, talher. Tudo se mistura, os talheres daqui guardados na gaveta da cômoda da minha mãe. Penso em me levantar para checar, mas não vou. Me lembro de outra gaveta, a do criado mudo do meu pai, lá agora não tem nada e o que tinha antes se mistura com as coisas fora do lugar e com o silêncio de hoje. O cheiro da casa de meus pais se espalha pelo meu apartamento, o ambiente escurece e uma aflição conhecida volta a me imobilizar. Me encolho no sofá sabendo que é o sofá novo, da casa nova, mas a textura do mundo é a antiga. Fico parada esperando que passe, fixo meus olhos abertos, mas não enxergo nada, o mundo some, sem cor, sem cheiro e sem som, nem antigo, nem novo. Uma hora, duas, cinco, não sei quanto, o tempo também some, vai e volta em círculos, eu fico flutuando daqui para lá.

O telefone vibra e me chama, escuto os sons de fora, a cidade roda em seus afazeres, o cheiro de comida no fogo já entra pela janela, a tarde vai começar. As crianças chegam da escola famintas e correm no piso rachado do pátio, escuto vozes e risadas, pratos e talheres em refeições ruidosas, um cachorro de apartamento late sem resposta e o telefone continua chamando, também sem resposta.

Em casa éramos três irmãos, Carlos, o mais novo, Miguel o mais velho e eu que era bem mais nova que eles. Carlos, chegava da escola já gritando "Tô com fome!", colocava música na vitrola e abria a cortina da sala. Miguel chegava sem fome e calado, mas a Preta fazia festa, pulando nele e latia para me avisar que ele tinha chegado. Depois não chegava mais ninguém, mas a Preta continuava esperando, só desistia quando Miguel chamava: "Vem, Preta, vem". Eu ia também.

O telefone toca sem parar, tenho que atender, mas não me mexo, estou grudada ao sofá. Toca mais uma vez e eu vejo que é da casa de repouso onde minha mãe está internada desde que meu pai se mudou para a casa do Carlos, no Sul, antes de morrer. Os dois estavam velhos, minha mãe com a cabeça confusa já não conseguia cuidar da casa, meu pai cada vez mais dentro de si não ajudava em nada e Miguel, que ainda morava com os dois, não tinha como cuidar deles, nem da casa. Foi Jorge que deu a ideia, pôs ordem, cada coisa em seu lugar, todos aceitaram. Meu pai não deu palpite, nem reclamou de ir morar no Sul. Ele gostava do Carlos. Miguel ficou sozinho na casa, ia vender e dividir a grana, mas nunca se empenhou, não queria sair de lá, como dizia Jorge. Miguel e Jorge se fundem na birra que um tinha do outro.

O pessoal da clínica raramente liga, percebo então que só eu posso atender. Pego o telefone e fico sabendo que minha mãe escorregou no banheiro, bateu a cabeça e desmaiou. Foi encaminhada para o pronto-socorro, e eu preciso ir até lá autorizar os exames e procedimentos. Pulo do sofá, tentando deixar para trás a gosma feita de Jorge e Miguel. Ponho uma roupa e me apresso. Na garagem, me lembro que não tenho mais carro, era do Jorge o nosso carro.

O ônibus passa cheio, entro me encostando em gente. O som no ônibus é um murmurinho constante, vozes misturadas aos ruídos da rua. Música, choro de criança, barulho da construção. Os cheiros também se acumulam, perfumes, hálito, fumaça, os objetos grandes e miúdos, banco, poste, celular e um brinco de pedra azul. Por um instante me acomodo na profusão de tudo o que gira em torno de mim, e meu corpo me diz quem eu sou: nada disso ao meu redor. Quero ficar aqui, anônima, como se o ônibus fosse o sofá, só que com mais gente em volta, todos me dizendo quem eu não sou. Ninguém aqui é Jorge, ninguém é Miguel. Gente que não me olha, não me diz para onde ir, não me conduz. O percurso demora menos do que eu gostaria. Desço.

A entrada do hospital está vazia, as portas automáticas não detectam a minha presença. Movo-me de um lado para o outro, ergo os braços e agito as mãos, as portas deslizam suaves para dar passagem a uma senhora que sai, aproveito e entro. Não há ninguém ao meu redor, apenas paredes, o balcão da recepção e o ar gelado, me sinto meio ridícula nesse caixote de mármore. Caminho até o balcão, pois sei que tenho que ir até lá e dizer o nome do paciente, entregar meus documentos e sorrir para uma câmera.

De alguma forma me surpreendo de saber agir num lugar como esse, não seria estranho se eu ficasse parada esperando alguém fazer alguma coisa.

Entrego meu documento, sorrio para a câmera, passo pela catraca. Tenho medo de errar, então me fixo em cada gesto, cumprindo um de cada vez, e avanço humilhada por onde me indicam. Pego o elevador e só lá dentro percebo que é o errado, o de serviço, que sobe sem ascensorista nem música ambiente, sobe vazio, só com uma maca abandonada forrada com lençóis amarrotados. Penso em me deitar e me deixar ficar, como se fosse eu a paciente, mas ele para corretamente no oitavo andar, onde eu tinha apertado.

Desço e logo vejo o médico de minha mãe. Caminho até ele, passo a passo, enquanto ele olha para além de mim, como que procurando por mais alguém. Dou um sorriso e olho para baixo, ainda me sinto um pouco ridícula.

– Eu vim sozinha – digo. Como ela está?

Dr. Otávio, muito gentil, com suas mãos gordas e macias, me cumprimenta e diz que o tombo foi feio, ela está inconsciente e pode acordar ainda mais confusa do que antes.

– Eu estava pensando em mudar a medicação, tentar uma droga nova com respostas muito positivas em casos como o da sua mãe.

– É seguro? – pergunto para tentar entender, mas nem preciso continuar.

Dr. Otávio me interrompe.

– É uma nova geração que está sendo desenvolvida, recém-aprovada, tem dado bons resultados com menos efeitos colaterais.

— Que bom — digo, sem saber direito o que responder. Penso em ligar para Jorge, depois lembro que não. Meu irmão Miguel também não. O médico, sempre gentil, me olha esperando uma resposta ou pelo menos uma nova pergunta e eu tenho vontade de me sentar no chão ou de abraçar o dr. Otávio. Com esforço tento continuar o diálogo:

— Ela ainda está em coma?

— Sim, temos que esperar para ver como o corpo vai reagir a essas primeiras vinte e quatro horas.

— Mas vai dar o remédio novo com ela em coma?

— Não, só depois que ela acordar. Se ela acordar.

— Se?

Ele não se dá o trabalho de responder. Pergunto quando posso vê-la e Dr. Otávio diz que logo, mas antes devo acompanhá-lo até o posto de enfermagem para assinar as autorizações de exames e o formulário do plano de saúde. Ele vai à frente, com os passos firmes de um corpo profissional, e eu o sigo.

Toda vez que eu ia visitar minha mãe na clínica sentia medo, nunca sabia do que ela ia se lembrar, se ia me reconhecer, perguntar do pai, dos meninos, então eu ficava tentando antecipar qual parte da conversa seria só ficção e já elaborava respostas. Ensaiava também gestos de um afeto que eu não sentia e depois experimentava também falar coisas duras, jogar na cara o abandono, perguntar o motivo. Imaginava cenas em que essas verdades eram ditas de forma crua, na cara, como nunca fiz, e nos momentos mais tensos, quando me imaginava gritando bem alto, era a voz do Miguel que falava, não a minha. Hoje sei que ela não vai falar nada, e eu tenho medo do silêncio dela.

Caminhamos por um piso emborrachado, a cada passo o piso empurra meu pé de volta, flutuo desequilibrada, escapando do chão. Dr. Otávio não percebe a minha dificuldade, quando eu ia com Jorge à clínica eu costumava segurar firme na mão dele. "Vamos, Martina, calma, ela nem vai te reconhecer", ele dizia, "fala qualquer coisa, ela nem entende", eu sorria e chegava meu corpo junto ao dele, seu cheiro me acalmava e eu perdia o medo das perguntas e a vontade de brigar.

Não sei como Dr. Otávio e as enfermeiras conseguem manter o equilíbrio nesse piso mole, lembro da gosma de torrada e geleia que cuspi no prato e imagino a gosma cuspida nesse chão. A voz de Jorge abafava todos os outros sons, Miguel sempre falou baixo, quase sussurrando como se em casa tivesse sempre alguém dormindo, meu irmão falava cada vez menos e Jorge cada vez mais, minha boca está seca novamente, tenho vontade de encher de água e depois cuspir. Jorge falava o tempo todo, fazia comentários, observações, pedia alguma coisa, o corredor não acaba nunca. Portas largas à esquerda e à direita deixam ver salas com leitos hospitalares separados por cortinas.

Quando alguma coisa era muito difícil para mim e eu estava tentando resolver, ele logo dizia: "Que bobagem, menina, isso é fácil!". De um dos leitos um velho sussurra: "*Vem, Martina, vem menina*". Jorge me chamava de menina às vezes, não sempre, em geral era rindo, não comigo, rindo para ele mesmo, tenho vontade de gritar de volta para o velho: "Não vou, não sou menina". O corredor é interminável, meu corpo bambeia quando passamos pela ala feminina e eu perco o equilíbrio, mas não caio, duas velhas me encaram em silêncio, balançando a cabeça em sinal negativo. Paro para olhá-las melhor e noto que estão dormindo de olhos abertos, tenho medo que minha mãe também esteja de olhos abertos, sinto o cheiro doce e limpo do dr. Otávio e tenho vontade de chegar mais perto, apresso o passo e quase encosto meu nariz no seu pescoço. A palavra *menina* ecoa pelas paredes, cada vez mais estridente.

Chegamos a um balcão, duas enfermeiras conversam e uma terceira olha para a tela do computador, o médico me pede licença, dá as costas para mim e diz algo para a moça do computador, ela sorri e olha de forma disfarçada para mim. As costas do dr. Otávio chacoalham, como se ele estive rindo também. Sou menina e finjo dar risada junto, mas eles não notam. Uma senhora passa empurrando um carrinho com várias bandejas empilhadas, hora do lanche. Me lembro que não comi nada, só cuspi. De cada bandeja um par de olhos me fita e me questiona: "*Está sozinha, menina? Ninguém veio com você*?". As vozes continuam a me questionar: "*Está tudo bem, tem certeza?*". Jorge falava: "Tem certeza, Martina?". Eu nunca tinha. Quero empurrar para longe o carrinho com as bandejas, quero xingar as enfermeiras que me olham de lado, quero correr daqui, fugir. Um baque no meu peito deixa tudo quente e amolece meus braços e pernas, seria bom se fosse uma bomba que explodisse acabando com tudo. Luzes acendem ao meu redor, piscando multicoloridas, e no fundo está escuro e é para lá que eu quero ir. Dr. Otávio e as enfermeiras, os cheiros, as cores, tudo vai desaparecendo, fico sozinha num espaço vazio onde ainda cabe tudo, tudo de novo.

Ouço longe vozes me chamando, abro os olhos e estou no chão, rodeada pelas enfermeiras e pelo dr. Otávio, que me pergunta: "Você está bem, tem certeza?". Eu prefiro não contar a ele que me separei ontem, que hoje quando acordei tinha um espaço vago na minha cama e na pia do banheiro, que quando me mexi tudo doeu como se agulhas furassem meu corpo, que não tive coragem de pegar o jornal no capacho, que cuspi no prato e que escuto vozes. Não digo que detesto ser chamada de menina e que eu devia ter dito isso antes. Nem digo que tudo se mistura, o que era e o que foi, e que para frente só entendo o que meu corpo toca, mas que às vezes meu corpo não toca nada, se recusa a me guiar e o mundo some. Que isso já tinha acontecido de manhã e agora de novo. Se eu dissesse isso tudo ele diria: "Calma, você só teve uma queda de pressão, aposto que não comeu nada, não é?". Eu ouviria e para explicar terei que contar toda uma história que eu não sei ainda, ou que não me lembro bem.

Ao invés de contar, agora tenho vontade de ouvir. Tenho vontade de perguntar ao dr. Otávio se ele já se separou, se ele sabe qual a dor correta para esse momento e se pode me ensinar a sentir certo. Talvez ele saiba. Poderia perguntar também se a esposa não levou muito a sério e disse que entendia, que era uma fase. Ele diria que foi diferente, não foi ele que decidiu se separar, que os dois decidiram juntos, que conversaram muito e viram que não dava mais. Eu perguntaria então como foram as conversas, como tiveram coragem de falar no assunto. No meu caso, eu diria para o dr. Otávio que eu não pensava no assunto, nunca, mas que um dia percebi que tinha que me afastar de Jorge. Eu diria isso sem convicção, não sei bem se foi assim, mas eu continuaria e diria que depois de tomar a decisão, eu não tinha nem como falar, não tinha como explicar, só tinha muita certeza e fui lá e disse de uma vez só: "Jorge, preciso me separar de você". E Jorge ficou calado me olhando um tempo, depois pegou a minha mão, que cabia inteira na mão dele, e me deu um beijo na ponta dos dedos, como sempre fazia. Nesse momento minha certeza diminuiu e meu corpo amoleceu, querendo encostar nele, mas ele deu uma risada, já me abraçando e eu recuei, dei um passo para trás, abaixei os olhos e disse, sem pensar, que ia para a casa do meu irmão. Eu não vi a cara que ele fez, só ouvi sua respiração funda e de novo uma risada leve e então ele disse algo como: "Tá bom, Martina, tá bom, não precisa ameaçar que vai para a casa do seu irmão, fica aqui. Eu saio por uns dias para você pôr sua cabeça em ordem. Vou para a casa da minha mãe, vai ser bom, ela está precisando de atenção."

Nesse momento eu pararia um pouco de falar e pensaria em como Jorge era o dono de toda a situação, ele ia para a casa da mãe e ia ser bom, ou eu pensaria em como ele não me queria perto do Miguel. Mas isso eu não falaria para o dr. Otávio. Mas eu continuaria contando para dr. Otávio que eu repeti, como quem salta num abismo: "Jorge, eu preciso me separar de você". E Jorge deu risada de novo. Jorge tinha as mãos grandes e sabia de tudo. Jorge não acreditou que era de verdade, achou que era coisa de menina que só pula se tiver um colo para cair. Não sei se o dr. Otávio entenderia tudo ou se também daria uma risada e diria "Logo passa", diria que Jorge me ama, que só quer cuidar de mim, e que eu é que estou confusa. A enfermeira nessa hora entraria na conversa e diria que eu sou louca de largar um homem como Jorge, ainda mais sem motivo.

– Você está bem? – o dr. Otávio me pergunta de novo.

– Sim, estou bem. Posso ver minha mãe agora?

– Ela foi fazer uma ressonância para verificar se o coágulo está diminuindo. Espera lá um pouco, vai comer alguma coisa, eu já volto para te chamar – ele me diz, apontando para uma saleta.

Sento em uma poltrona que geme ao contato com o

meu corpo, como se entendesse tudo o que se passou. Na minha frente uma mesa oval com revistas empilhadas, do outro lado da mesa tem um sofá e na lateral uma TV embutida num painel de ripas de madeira. Cada coisa tem o seu lugar e sua função, e me surpreendo ao perceber que sei o nome de tudo. Objetos que eu nunca vi e se parecem com outros que já conheço e isso me permite nomear e saber o que são, mesmo sem ninguém para apontar e dizer. O mundo está opaco e mudo, mas mesmo assim cada coisa tem o seu nome, preciso prestar atenção. Olho em volta, ao lado do sofá tem uma mesa pequena. Não é um criado mudo com uma ga veta que guarda os dias que já passaram, como era a do meu pai. Atrás de mim uma porta trancada. Viro para olhar e uma enfermeira sai ajeitando o uniforme, deve ser um vestiário. A porta não está trancada e lá dentro não se guarda o silêncio.

Este é o mesmo hospital onde a Mariângela, irmã de Jorge, deu à luz, só que em outra ala, na maternidade. "Claro, Martina, que foi na maternidade". Jorge falava assim. "É óbvio, né?". Não faz muito tempo, viemos todos, a família do Jorge e eu, ficamos esperando o bebê nascer, mas demorou muito e no final foi um parto a fórceps. Eu não era ainda a mãe, nem mais a criança. Luis Fernando, irmão caçula de Jorge, olhou para mim e convidou: "Vem, Martina?". Foi um parto a fórceps.

Pego uma revista e começo olhar fotos de gente famosa. Miguel não me deixava assistir televisão, dizia que era bobagem, que eu tinha que ler e estudar. Quando conheci Jorge ele achou graça que eu não conhecia as pessoas que aparecem nas revistas. "Você é jornalista, precisa ficar ligada no mundo". As cores pulam das páginas e brilham puras, sem mais a forma prévia do vestido, do carro, do mar. Dr. Otávio passa por mim com jeito de quem está indo embora, sem me enxergar, chamo e quando me vê, mal disfarça o assombro. Tenho vontade de aproveitar a situação e perguntar se a doença da minha mãe pode ter começado muito antes de percebermos, muitos anos antes, desde sempre talvez. Seria um alívio eu poder ligar para o meu irmão e dizer: "Era já a doença, Miguel, não foi de propósito, ela não sabia o que estava fazendo". Miguel ficaria surpreso, mas aceitaria a explicação, viria visitá-la, respiraríamos aliviados e depois ele me convidaria para passear.

– Dr. Otávio, ela já está no quarto? Posso ir até lá?

– Pode, mas ainda está em coma, nada mudou.

A boa notícia, pelo que eu consigo entender do que ele fala, é que o coágulo está sendo reabsorvido, e só neste momento entendo que o coma é induzido, para aumentar as chances de reabsorção. Melhor assim, suponho. Ele vai embora e eu sigo sozinha pelo corredor em direção ao quarto dela.

O corredor se estica e vai se estreitando, como um funil. Eu nunca ficava muito tempo com a minha mãe, meus irmãos sempre estavam por perto, ou eu ficava sozinha, longe dela. Um dia ouvi Miguel dizendo para Carlos: "Lembra quando ela dava risada e dançava na sala? A mãe agora está oca". Eu não lembrava, a época das risadas foi antes de eu nascer, eu imaginava minha mãe como um buraco negro que poderia me reabsorver, como se eu fosse um coágulo, ela seria capaz de me puxar de volta para dentro e lá daríamos muita risada, ela e eu.

Entro no quarto, olho para a cara plácida da minha mãe e tenho vontade de gritar com ela, dizer um monte de coisas, maldizer a sua vida e toda a ausência que ela espalhou à sua volta, como dizia Miguel. Viro as costas e corro para fora do hospital. A calçada não é emborrachada e não devolve meus pés sutilmente para cima, cada passo encontra o solo num gesto seco e sem continuidade, o movimento encerra-se em si mesmo. Penso que devia ter falado com a minha mãe, não brigando, mas consolando, mesmo com ela em coma. A quietude dela agora me parece um convite, e eu poderia ter contado tudo, que Jorge foi embora, que quase não falo com Miguel, nem com Carlos, talvez eu só não contasse que o pai morreu. Eu deveria pelo menos ter chegado perto e olhado para ela, mas agora não, continuo andando rápido para longe.

Caminho de volta, eu sei onde é a minha casa, preciso voltar para lá. O lixo trasborda de uma lixeira de rua, vejo uma bandeira de time estendida numa janela, o dono da banca agachado arrumando uma pilha de jornais. As coisas acontecem à minha volta, e meu corpo atento capta tudo, mas não se detém. Quero chegar logo em casa, sentar no sofá e ficar lá, quieta sem encostar em mais nada. O mundo comprime meu corpo como se, livres de amarras, os objetos pudessem me atingir. Me esquivo e sigo, não consigo ir rápido o suficiente.

Ando cada vez mais devagar, o calor me retém, como o lençol da minha cama. Olho para meus pés, não há nada ali, mas escuto uma voz: "Vem, Martina". Presto atenção, é a voz do meu irmão Miguel. Não deixo ele falar.

– Vamos até a quitanda.

A fala é de Miguel, mas a voz não. Deve ser a minha.

– Prenha, Martina –, diz a voz, e eu continuo andando.

– O que é prenha, Miguel?

– Grávida. Ela vai ter filhotes, vários, três ou quatro,

talvez cinco. Olha como a barriga dela está grande e as tetas cheias de leite para amamentar.

– Quando vai ser?

– Daqui uns dias. Temos que arrumar uma caixa grande e forrar, deixar macio para ela ficar com os filhotes. No começo eles serão bem pequenos e até feinhos, a gente não pode pôr a mão, só depois de uma semana é que você vai poder segurar e brincar com eles.

Saímos para a rua, em busca de uma caixa grande, primeiro até a quitanda. Eu adorava sair com meu irmão mais velho, ele era quase adulto. Parecia sempre um passeio, mesmo que fosse só para ir até o mercado. Íamos de mãos dadas, e ele segurava firme, a mão dele era grande e não soltava da minha, mesmo quando chegávamos aos lugares. A quitanda estava quase fechando, e seu Raimundo disse que o lixeiro já tinha passado levando as caixas. Fomos então ao supermercado que ficava do outro lado da avenida, depois da praça. Miguel andava rápido e eu tinha que correr um pouco, ele ia me puxando: "Vamos, Martina, anda". Eu, aos saltinhos, tentava acompanhar o ritmo dele, ficava cansada e minha perna ficava quente, mas eu não reclamava.

Quando eu saía com Carlos, meu outro irmão, era mais fácil, a gente ia brincando o tempo todo, ele também era bem mais velho que eu, mas não tanto quanto Miguel. Uma hora ele inventava que não podia pisar nas riscas, depois só podíamos andar nas pontas dos pés. Quando chovia, me deixava pisar nas poças.

Nas calçadas, que eram brancas e pretas, só podíamos andar na parte preta na ida e na branca na volta. E no final, quase chegando em casa, apostávamos corrida e ele ganhava, abria rápido o portão e fingia que não ia me deixar passar, eu sabia que era brincadeira e dava risada. Eles eram bem diferentes um do outro. Quando eu chorava, Carlos me consolava me pondo de cabeça para baixo, eu ria e tinha vontade de fazer xixi. Miguel, quando tinha que me consolar, ficava falando baixinho e passando a mão macia no meu cabelo. Eu chorava mais ainda, mas era bom.

Chegamos ao mercado e demos sorte, tinha ainda uma porção de caixas. Pegamos uma grande que tinha uma maçã desenhada, Miguel ficou satisfeito com a escolha, e quando ele ficava satisfeito, tudo brilhava. Voltamos rindo e andando devagar, era difícil carregar aquela caixa grande, mesmo para Miguel.

Na hora de cruzar a avenida, ele parou um pouco para esperar o farol e pôs a caixa no chão, eu corri e deitei dentro dela, como se fosse um bercinho, ele me carregou até o outro lado da rua cantando nana nenê, mas depois me pôs no chão e disse que eu já estava pesada demais. Ele falou isso sem rir, foi quase uma bronca. Saí da caixa e continuamos o caminho em silêncio, ele estava com as duas mãos ocupadas e eu tive que andar só, pisando duro para não ficar para trás. Parecia que tinha feito alguma coisa errada.

Em casa, deixamos a caixa na lavanderia. Ele me disse para pegar uns jornais velhos e rasgar em tiras, eu obedeci mesmo sabendo que o pai não gostava que mexêssemos nos seus jornais velhos. "Ainda não li", dizia.

Quando chegou da escola, Carlos me ajudou a picar os jornais e escreveu "Preta" bem grande dos dois lados. Eu disse que os filhotes iam morar lá também, precisava ter o nome deles, e no final ficou "Preta e Pretinhos".

Acho que Miguel não gostou muito, queria escrever do jeito dele.

Depois disso foi só ficar esperando. Miguel disse que ela ia ter os filhotes de noite, sozinha. Carlos achava que ela viria pedir ajuda, tinha visto num filme a cadela chamar a dona na hora de dar à luz, mordia de leve o calcanhar e gemia, quase como gente. Miguel falou que cachorro não era gente, que bicho se virava sozinho, e repetiu que a gente não podia pôr a mão nos filhotes, de jeito nenhum. Se a cadela sentisse o cheiro humano nos filhotes, ia rejeitar. "Abandonar, Martina", ele explicou.

– Tem casos em que até come o filhote.

– Como assim – eu perguntei –, come o filhote?

– É para proteger a cria – disse Miguel. – A mãe acha que pode devolver os filhotes para a barriga, onde ficavam mais seguros.

– Que burra – eu disse. – Ela não vê que não vai adiantar?

– É a natureza, Martina, é assim mesmo, instinto.

Certa noite, já estava todo mundo deitado, ouvi a Preta fazendo um barulho estranho, era um lamento comprido e agudo, uma agonia. Imaginei ela comendo os filhotes e meu corpo ficou todo duro. Parecia que se eu me mexesse sentiria os dentes dela entrando na minha carne, bem no calcanhar. Mesmo sabendo que ela estava lá em baixo, bem longe de mim, eu sentia os caninos pontudos nos meus pés. Continuei ouvindo ela chamar, mas ao invés de me levantar e acordar os meninos eu me cobri toda, como se não tivesse ouvido nada, eu não queria ter ouvido. Esperei, fingindo que estava dormindo, fingi até um sonho, mas continuava escutando os barulhos e ficava pensando nela comendo os filhotes.

Depois de um tempo achei que não era certo eu ficar fingindo, que eu tinha que chamar os meninos. Levantei e fui até o quarto deles. Cutuquei Carlos, eu não tinha coragem de acordar Miguel. Carlos se assustou e Miguel também acordou.

Descemos e fomos até a lavanderia que ficava fora da casa, depois da cozinha.

– Ainda bem que você ouviu, Martina – disse Carlos.

– *Schiu* – disse Miguel, colocando os dedos sobre o lábio. – Não faz barulho – sussurrou –, ela não pode se assustar.

O chão da cozinha estava gelado. Cruzamos o quintal, pisando na ardósia lisinha e úmida, ouvimos longe o apito do guarda-noturno e um latido. A Preta estava quieta. Miguel ia na frente, depois Carlos e eu atrás, segurando na calça do pijama dele.

– Anda, Martina, para de puxar minha calça, assim eu caio.

– E se ela comer os filhotes? – perguntei baixinho.

– Ela não vai comer os filhotes, Martina, isso é bobagem do Miguel.

Quando chegamos à lavanderia, a Preta nos olhou e ganiu, quis se levantar, como sempre fazia quando chegávamos, mas não conseguiu.

– Será que já começou o parto? – perguntou Carlos.

A Preta gemia e olhava para nós, ela enxergava no escuro algo que não víamos.

– Calma – disse Miguel –, vamos esperar um pouco.

O gemido da Preta era um lamento, o mesmo que eu tinha ouvido do meu quarto. Pensei como eu tinha sido boba de achar que ela podia me morder. Sentimos um cheiro azedo, Miguel segurou na minha mão e a mão dele estava dura e fria. Carlos, que agora estava na frente, deu um passo para trás, tateando a parede.

Meus irmãos estavam com medo, tinha algo errado.

– Acende a luz – disse Carlos –, assim não dá para ver nada.

Miguel acendeu a luz e eu fechei os olhos.

– Tá tudo bem, Martina – disse Miguel –, pode olhar.

– Tem alguma coisa saindo – disse Carlos –, tá pendurado lá, olha.

– É um filhote na bolsa – disse Miguel. – Vai nascer.

– Mas ela não tá fazendo força – disse Carlos se aproximando.

Miguel segurou ele, brusco.

– Não chega perto! Não encosta!

– Mas tá entalado, olha lá, não vai para frente.

– É assim mesmo, calma – disse Miguel, ainda segurando ele.

Ficamos os três parados olhando para a Preta, ela olhava para nós aflita, sem entender por que estávamos lá parados, só lambia as patas e parecia que nem sabia o que estava acontecendo. Passou um tempão e ela lá, quieta, com aquela bolota gosmenta pendurada.

– Não podemos ficar sem fazer nada, temos que ajudar – disse Carlos. – O bicho entalou, vai morrer.

Ele então se desvencilhou das mãos do Miguel, chegou perto da Preta, agachou e puxou o filhote, fácil. A Preta nem se mexeu.

– Agora larga ele aí – disse Miguel. – Deixa a natureza agir.

Carlos obedeceu. Tapei os olhos com as mãos, mas deixei uma fresta. A Preta se virou para perto do filhote sem se levantar e começou a lamber, rasgou a bolsa com os dentes e depois começou a mastigar, mas estava tão mansa que eu nem tive medo. Comeu a bolsa e começou a lamber o filhote, lambeu a cabeça, o focinho, as costinhas. Ele não se mexia, nem nós. Ela ia lambendo e empurrando com o focinho, cutucando o filho, ele estava morto.

– Olha lá, vem vindo mais um – alguém disse.

A Preta nem percebeu, só lambendo o filhote morto.

– Vai entalar de novo, não tá saindo, puxa lá, Carlos – eu gritei.

Dessa vez Miguel não segurou Carlos. Nasceram mais três, dois pretos e uma mesclada. A Preta ficava lá só lambendo e cutucando o mortinho.

– Tem que tirar ele daí – disse Miguel. – Ela tem que cuidar dos outros, dos vivos.

Carlos sentou no chão e começou a chorar balançando o corpo para frente e para trás, falando baixo, "eu devia ter puxado antes, ele não ia morrer". Eu agachei bem perto, queria lamber ele também. Miguel pegou uma flanela que estava no varal e embrulhou o filhote morto.

– Vamos enterrar no quintal – disse Miguel. – A Preta está feliz com os outros, está lambendo todos eles agora. Olha, Martina, eles já estão querendo mamar, daqui uns dias você vai poder brincar com eles.

Miguel esticou a mão para ajudar Carlos a se levantar, puxou com tanta força que Carlos desgrudou do chão voando, ficou de pé e só parou bem perto de Miguel.

– Foi culpa minha – disse Miguel e deu um tapinha na cabeça do irmão.

– Foi não, foi culpa minha, eu devia ter puxando antes.

Miguel me esticou o embrulho com o filhote morto e deu um abraço forte no Carlos. Ficaram assim muito tempo, um segurando o outro, acho que até Miguel chorou. Eu fiquei olhando e carregando o embrulho, e aos poucos perdi o medo do cachorro morto. Levantei o pano e olhei a carinha dele, olho fechado, dormindo, apertei ele com dó e embalei um pouco, me consolando também.

Ainda não cheguei nem na metade do caminho, e meu corpo pede trégua. Avisto um banco de cimento, sento e encosto. Estou numa praça, está quente, o chão ferve, o ar está seco e a história acabou.

Um vendedor de doces espera com seu tabuleiro as crianças saírem da escola, pombas de pescoço roxo e verde ciscam a sujeira da calçada. Vejo tudo de muito perto, como se fosse pela primeira vez. Na calçada há cacos de vidro, tiro meu sapato e piso pressionando o calcanhar contra os cacos, de leve, o suficiente para sentir a dor aguda perfurando minha pele. Presto atenção e anoto, é uma dor diferente das agulhas que me pinicam por dentro e é uma dor diferente de um abridor de latas furando o dedão. Preciso continuar, tento levantar, mas fico mais um pouco imaginando o que Jorge faria se estivesse aqui. Mesmo cansado seguiria, penso, mas não estaria cansado. Jorge tem pernas compridas. Pegaria na minha mão e me puxaria: "É perto".

Um dia Jorge me acordou cedo, com o telefone ainda na mão, Dona Carmem tinha ligado para avisar que Mariângela estava indo para a maternidade.

– Vai nascer, o bebê vai nascer – ele repetia.

Colocou o telefone no bolso e começou a andar de um lado para o outro, estava sem camisa, só de bermuda, era sábado. Fiquei olhando seu corpo se mover pelo quarto, esperando pela ordem de me apressar.

– Vem, Martina – ele disse. – Minha mãe está esperando.

Se eu soubesse o tamanho daquele dia, talvez eu não tivesse ido, agora tenho que refazer todo percurso perguntando se. Um pipoqueiro vem empurrando seu carrinho e estaciona embaixo de uma árvore.

Era uma família coesa, aglutinada. O pai, seu Breno, morreu cedo e Dona Carmem criara os três com pulso de homem, como ela dizia. Eles nunca se afastaram dela, mesmo depois de casados. Os genros, as noras, e os netos, todos viviam colados na mãe. Jorge brincava que era o clã Costa Dias. Luís Fernando, o caçula, era casado com Luana e já tinham dois filhos pequenos, Lucas e Pedro. Mariângela, irmã do meio, ganharia naquele dia a sua menina, Elisa. Ela era casada com o Bruno. Jorge era o mais velho. Jorge era muito grande dentro de casa, Jorge ocupava muito espaço. Minha família era bem diferente.

Jorge ia me chamando.

– Vamos, Martina.

Pus um vestido, calcei uma sandália e fomos, retoquei meu batom no espelho do elevador, Jorge beijou minha nuca e eu senti um arrepio. No carro íamos em silêncio, o silêncio de quando Jorge deixava de falar, mas não calava a sua presença. O cheiro dele se misturava aos sons da cidade, que chegavam filtrados pelos vidros fechados. Eu estava numa cápsula, e com ele eu rodaria mil quilômetros, iria muito longe num caminho sem volta que me afastasse de mim.

Dona Carmem nos esperava no saguão do prédio, muito bem arrumada, usava um vestido reto de linho e uma echarpe em tons de vinho e vermelho que contrastava com seus cabelos brancos bem cuidados. Vi seus brincos e o colar de pérolas antigas, sem muito brilho, e intuí o perfume almiscarado. Desci e a cumprimentei, confirmando a doçura excessiva daquele perfume que iria impregnar meu corpo até eu conseguir tomar um banho, e me dirigi ao banco de trás. Ela não gostava de ajuda para subir no carro e ia na frente, ao lado do filho. Jorge me olhava pelo retrovisor enquanto dirigia e conversava com a mãe.

Ainda estávamos entrando no hospital quando chegaram Luís Fernando, o irmão caçula, Luana e os meninos. Subimos todos juntos e logo fomos informados que Mariângela já estava na sala de parto, que Bruno estava com ela e tudo corria bem. Dona Carmem indicou com o olhar a direção de uma sala especial, que ela já havia reservado. Era uma saleta ao lado da sala de espera comum, toda fechada com vidro e persiana, nem parecia que estávamos no hospital, tinha sofá e poltronas, quadro na parede, frigobar e cafeteira.

– Parece uma sala de visitas – disse Jorge, puxando a cadeira para Dona Carmem. – Ficaremos mais reservados, não é mamãe?

– É um momento íntimo – ela disse. – Não convém a uma família como a nossa se expor pelos corredores do hospital. Se o pai de vocês estivesse vivo, não admitiria nem vir aqui, os homens ficariam reunidos em casa, aguardando notícias e viriam só as mulheres casadas.

Luís Fernando deu uma tossida curta e ia dizer alguma coisa, mas Jorge olhou para ele de um modo que o calou.

Dona Carmem se sentou ereta, ajeitou a echarpe e olhou para Luana, que procurava algo com a cara enfiada na bolsa. Jorge olhou para mim, e eu sabia que ele queria que eu falasse algo leve, para descontrair.

Quando eu nasci – eu disse –, meu pai não foi à maternidade, minhas tias é que acompanharam minha mãe e ficaram lá com ela.

Luana tirou a cara da bolsa e me olhou, Luís Fernando deu outra tossida, Jorge desviou o olhar e Dona Carmem ficou calada por uns instantes, logo abriu um sorriso e segurou na minha mão.

– Pobrezinhos, quanta responsabilidade para dois garotos, seu pai era uma pessoa especial, tinha o jeito dele e tinha lá as suas questões, não é minha querida? – disse com uma ternura ensaiada. – Quando o Nando nasceu – ela continuou em tom descontraído, olhando para Luís Fernando –, Jorge se escondeu embaixo da cama e não saía por nada neste mundo. Enquanto eu fiquei fora, ele não saiu.

Então completou, gracejando: – Nem para comer ele saía, a babá tinha que se agachar para servir as refeições.

– E você não ia ao banheiro não? – Lucas perguntou.

– Eu ia quando ninguém estava olhando – disse Jorge. – Um dia a arrumadeira percebeu e riu de mim, eu disse a ela que se contasse eu ia dizer que tinha visto ela usando os cremes da mamãe.

– Coitada da moça – Luana deixou escapar.

– Era coisa de criança, Luana, bobagem – riu Dona Carmem. – A moça nem ligou, Jorge era um doce de menino.

– Pena que Mariângela não está aqui acompanhando essas revelações da intimidade dos Costa Dias – disse Luís Fernando, em tom irônico. – Aposto que ela teria muito a contribuir com esse momento "lembranças da doce infância" – continuou em tom jocoso fazendo o gesto de aspas no ar.

Jorge se levantou de forma brusca, foi até a cafeteira e perguntou para a mãe se ela queria café. Dona Carmem aceitou. Nesse meio tempo, Luana segurou no braço de Luís Fernando e cochichou algo em seu ouvido. A máquina fez um ruído de motor, deu uns estalos e o aroma do café se espalhou pela sala. Ficamos em silêncio por um tempo. Os meninos, que até aquele momento estavam calados, ouvindo a conversa dos adultos, começaram a ficar inquietos. Lucas, o mais velho, provocava Pedro, que começou a choramingar no colo da mãe. Enquanto Luana acalmava o caçula, Luís Fernando chamava atenção de Lucas, que por sua vez reclamava que lá não tinha nada para fazer e que preferia mil vezes ir para a sala maior, onde tinha televisão e outras crianças. Dona Carmem se ajeitou na poltrona e arqueou as sobrancelhas finas, Jorge olhou para mim e pegou na minha mão. Sua mão estava suada.

O parto ainda demoraria, e o dia seria longo. A última informação que tínhamos é que Mariângela estava apenas com dois dedos de dilatação. Jorge perguntou se ela insistiria no parto normal e Dona Carmem disse que sim, claro, Mariângela havia se preparado muito, não fraquejaria por uma dorzinha qualquer. Luís Fernando riu e disse que não dependia só da força de vontade dela, que se o bebê estivesse em sofrimento, o médico não ficaria esperando.

– Vira essa boca para lá – respondeu Luana, batendo três vezes na mesa, e eu bati junto por hábito.

Dona Carmem começou a contar, olhando para mim e para Luana, como ela teve os três de parto normal, sem anestesia. Antes que ela terminasse seu relato, Luana se lamentou por não ter conseguido.

— Nem com o Lucas, nem com o Pedrinho, meu maior fracasso como mãe.

A decepção dela com as cesarianas que teve que fazer era conhecida por toda a família. Já eu não tinha nada para dizer sobre o assunto.

— Nós já sabemos, Dona Carmem, dos seus partos normais vitoriosos, não precisa nos lembrar disso a todo momento — interrompeu Luís Fernando.

— Estou só contando para as meninas.

— Elas já sabem, mãe, todos já sabemos — respondeu Luís Fernando, fazendo um carinho na nuca de Luana.

Jorge soltou da minha mão, levantou novamente, dessa vez como se precisasse esticar o corpo. Colocou-se atrás da poltrona da mãe, pousou o braço sobre seus ombros e olhou firme para Luís Fernando, que abaixou os olhos.

Ouvimos os gritinhos agudos dos meninos, e Luana suspirou. Luís Fernando levantou, puxando um em cada mão, disse que ia sair para um passeio e um sorvete. Luana disse estava com dor de cabeça e não queria descer.

— Vem, Martina — chamou Luís Fernando —, me ajuda com esses dois.

Olhei para Jorge, que assentiu com a cabeça. Luana deitou no sofá e pôs uma almofada sobre os olhos, Dona Carmem não se moveu.

— Aqui é shopping, pai? — perguntou Pedro, assim que chegamos ao térreo.

Lucas nem ouviu a pergunta do caçula, olhava aterrorizado para um senhor descarnado, que vinha em uma cadeira de rodas empurrado por um rapaz. O velho tinha uma cânula de oxigênio no nariz, um curativo grande na garganta, um acesso para medicação no pescoço e outro na mão esquerda. Atrás dele, enfiada na cadeira, uma haste metálica subia vertical, com um saquinho transparente de soro ainda cheio e outro menor, já meio murcho. Sob a cadeira, um tubo verde de oxigênio. Uma manta cobria suas pernas magras, deixando de fora os pés arroxeados, calçados em chinelos. Enquanto Pedro pulava em volta do pai, Lucas ancorava-se no chão, olhando fixo para o velho.

Não era só um velho doente. O menino via, talvez sem compreender direito, o fim da vida. Agachei atrás dele e me aproximei de seu corpo miúdo, minha mão era a mão do Miguel, e eu sabia o que fazer. Lucas sentiu minha presença e se soltou um pouco, encostando o corpo tenso no meu peito, as pernas fincadas duras no chão, os punhos fechados. Falei baixo no seu ouvido explicando o que era cada coisa, minha voz também era a do Miguel, o soro para hidratar, os remédios que entram direto no sangue pela veia para agirem mais rápido, o oxigênio no nariz que vai direto para o pulmão, ajudando o senhor a respirar. O velho sorriu para Lucas e acenou, o menino virou e apertou o rosto contra meu corpo. Fiz cócegas na sua cintura, antecipando o gesto rápido de virá-lo de ponta cabeça, como Carlos faria. Ele riu muito e soltou um pum. Rimos mais. O velho, Luís Fernando e Pedro riram também.

Entramos na lanchonete, os meninos quiseram pão de queijo e depois sorvete, e nós tomamos café e água. Lucas contava piadas e Pedro desenhava na toalha de papel que forrava a mesa. Levantou os olhos e me disse que não sabia desenhar estrelas, eu ensinei pontilhando no papel e conduzindo a mão dele.

Fernando ligou para Luana, nenhuma novidade, Mariângela estava apenas com quatro dedos de dilatação, mas o feto estava bem, monitoravam os batimentos cardíacos, respiração e nível de líquido amniótico. – Vai demorar – disse Luís Fernando, desligando o telefone e me olhando bem nos olhos. Ele tinha um modo de olhar como quem via sempre pela primeira vez, mesmo quando olhava para os meninos ou para Luana, tinha esse olhar que procura algo ainda desconhecido. Jorge olhava já sabendo o que ia ver.

Os meninos estavam animados e pulávamos de uma brincadeira para outra, jogamos labirinto, jogo da velha e forca. Pedro estava ainda aprendendo a escrever, e eu o ajudava inventando palavras sem nexo; Lucas aceitava, se achando grande. Luís Fernando ficou mais quieto do que o normal, observava a movimentação dos meninos e olhava também para mim. Nunca tivemos muita intimidade, pois ele e Jorge não eram próximos. Nos encontrávamos apenas nas ocasiões familiares, na presença de Dona Carmem que era sempre o centro das atenções, mal nos conhecíamos, mas sempre houve uma cumplicidade mansa, que naquele longo dia viria a se tornar mais intensa.

Hoje o dia não demora, passa rápido, mas eu não avanço com as horas, fico aqui contando histórias. Naquele dia todos falavam como médicos, dilatação, ocitocina sintética, mecônio, sofrimento fetal, placenta prévia, placenta envelhecida, fórceps, quanto mais demorava, mais palavras novas apareciam para explicar. Hoje tudo é velho, mas eu presto atenção. Escuto o sinal, o portão da escola se abre e as crianças invadem a praça, correm espantando as pombas, compram doces e pipoca, os adolescentes conversam em rodas, meninas e meninos misturados, um grupo se afasta para fumar longe da vista do bedel que circula pela praça. Cachorros latem escondidos em quintais, um carro de polícia passa com a sirene ligada.

Depois do sorvete, Luís Fernando sugeriu levarmos as crianças para brincar, gastar energia, como ele disse. Fomos para fora, onde tinha um pequeno jardim circular ladeado por azaleias, o chão gramado estava forrado de pétalas que caíam de uma buganvília, as cores contrastavam com o piso de granito preto que cobria a entrada principal. Apesar do calor, um vento fresco deixava tudo flutuante. Dois bancos curvos de madeira formavam um semicírculo, protegidos pelos arbustos; no centro, uma árvore rodeada por seixos brancos. Sentamos lado a lado, os meninos ficaram correndo e tentando subir na árvore esquelética que vergava com o peso dos dois.

– Deviam colocar um parquinho aqui – disse Luís Fernando –, a coitada dessa árvore está ensebada das crianças tentando subir.

– Eu não tinha reparado – disse observando no tronco liso e brilhante.

– Quem não tem filhos não costuma notar o rastro de destruição que eles deixam – brincou. E emendou: – Mas você leva jeito, se saiu bem com o Lucas.

– Fiquei com dó dele.

– Eu estava falando com o Pedrinho e nem percebi que o Lucas tinha se assustado com o velho.

– Assustou mesmo, travou. Ficou durinho, acho que nem respirava.

– Você agiu como mãe, Martina – ele disse meio baixo, como um segredo.

– Mãe?

– Pela primeira vez, nesses anos todos, eu te vi como mãe.

– Por que mãe?

– Mãe sabe o que os filhos precisam antes mesmo deles precisarem.

– E o pai? – perguntei só por não saber o que dizer.

– Pai também, claro, mas no caso você seria mãe – ele disse rindo.

Dei meia risada e me calei sem resposta, a minha ideia de mãe e de pai era bem diferente e eu nunca tinha pensado sério em ser mãe. Sempre me fora proibido pensar no assunto, eu não saberia cuidar de alguém. Eu era frágil e sempre cuidada.

Luís Fernando se levantou e foi até os meninos, que chamavam para ver um inseto que haviam encontrado, acompanhei seu corpo se deslocando e fiquei só, sentindo a ausência dele, a sua voz ecoando, "te vi como mãe". Eu queria ouvir aquilo de novo, queria que ele repetisse, me olhando como se me visse pela primeira vez. Uma fissura rompeu dentro do meu peito e foi se alargando, eu fiquei imóvel, esperando a sensação passar.

Depois de uns instantes de silêncio notei que Fernando olhava para mim de longe. Ele não era moreno e magro como Jorge e Mariângela, tinha a pele alva, rosada, as feições suaves e um corpo arredondado, ovelha branca da família, dizia Jorge. Luís Fernando destoava da harmonia morena e esguia da família, era redondo também no temperamento, menos reservado, mais aberto que a mãe e os irmãos. Cabeça na lua, segundo Dona Carmem, mimado e sem compromisso com a vida, dizia Jorge. Mas todos admitiam que ele havia mudado depois do nascimento dos meninos, agora era atento, carinhoso e tinha muita paciência com eles. Dava para ver que se divertia.

– Eu falei de verdade, Martina – ele disse, voltando a sentar do meu lado.

– Foi?

– Você seria uma ótima mãe – falou bem próximo de mim, e completou abaixando ainda mais o tom da voz e segurando de leve no meu braço: – Só não imagino Jorge como pai.

Eu não disse nada, queria pedir para ele parar de falar, para nunca mais dizer aquilo, mas ao mesmo tempo eu queria ouvir tudo de novo, e ele disse:

– Estou falando sério, Martina, imagine o Jorge no meio do caos de um bebê recém-nascido, da bagunça, Jorge te dividindo com outro ser, perdendo o controle, ele não aguentaria – disse ele já rindo –, acho que jogaria o filho pela janela.

O buraco se alastrou, imagens esparsas da minha vida iam e vinham criando um moto-contínuo e eu ia ficar ali para sempre assistindo imóvel aquilo passar, qualquer gesto que eu fizesse podia estancar o movimento circular e congelaria numa imagem que revelaria como eu era toda errada. Senti a mão de Luís Fernando soltar do meu braço, ele ia me deixar, segurei a mão dele e ele apertou firme, colocou a outra mão no meu rosto e disse: – Calma, eu estava brincando, é que Jorge te ama muito, Martina.

Soltei a mão e abaixei a cabeça, não queria que ele me olhasse naquele momento, sabíamos que não era bricadeira, sabíamos que não era amor o que Jorge sentia por mim, não só amor, era mais, era uma sufocação, era ele querendo ser eu e ele ao mesmo tempo. A verdade estava liberta, por um pacto nosso. O irmão caçula enxergava Jorge do mesmo ponto de vista que eu. Éramos, ele e eu, caçulas do Jorge.

O mais velho, mais bonito, primeiro em tudo. Jorge era alto e tinha o corpo robusto, mas era ainda maior por dentro e escapava de si mesmo. Sua presença ocupava mais espaço do que seu corpo. Ocupava todo o espaço a sua volta, toda a casa era Jorge, por onde eu andasse, Jorge. Na cozinha, a comida era Jorge, no banheiro o cheiro era o dele, na cama, o sexo era de Jorge. Quando Jorge saía de casa ficava um tanto de Jorge para trás, guardando lugar, quando eu saía, carregava Jorge comigo. Há ainda Jorge dentro de mim agora. Jorge ditava meus textos e reeditava minhas histórias, Jorge regia meus dias e contava as minhas horas. Jorge me amava. Se eu desejasse outro homem, viria de Jorge o desejo, se eu transasse com outro homem, também seria Jorge esse homem. Se eu chorasse, Jorge secaria minhas lágrimas, se eu morresse, Jorge me enterraria. Se eu tivesse um filho, meu filho seria Jorge.

Ficamos mais uns minutos olhando os meninos, não tinha nada que pudéssemos fazer e tudo tinha que ser calado novamente. Qualquer gesto seria longo demais, qualquer palavra morreria na boca. Abafamos aquele momento, compartilhando em silêncio uma descoberta. Eu podia ser mãe, eu queria ser mãe, ser uma pessoa inteira para poder gerar outra vida, mas eu era só metade, ou menos do que a metade. A outra parte de mim era Jorge, a parte maior, a parte mais forte, a parte Jorge. Os corpos pulsavam calados a descoberta, a respiração em sincronia, o silêncio ecoando as palavras. Aos poucos cada um achou um novo ritmo e meu telefone tocou, era Jorge querendo saber onde estávamos.

Elisa nasceu um pouco depois das cinco da tarde. Quando vi o bebê pelo vidro do berçário, embrulhado num cobertor amarelo, lembrei da madrugada em que a Preta havia parido, lembrei da ternura que senti embalando o cachorro morto e eu quis aquilo mais uma vez, eu quis que as coisas fossem tão pequenas que coubessem nas minhas mãos.

Se Jorge soubesse, não teria me puxando da cama pela mão, teria dito "fica, Martina", e eu teria ficado por mais um bom tempo. Mas eu fui, como sempre ia. Se eu soubesse como terminaria aquele dia de primavera, talvez não tivesse ido. Ou teria, talvez eu já soubesse como terminaria e por isso fui. Luís Fernando só fez abrir uma porta para deixar escapar uma verdade que já estava pronta, esperando. Agora refaço o percurso revendo imagens que ainda circulam em moto-contínuo, mas em câmara lenta. Ainda estou sentada no banco da praça, perto da escola, o portão já encarcerou novamente as crianças, a praça está morta, suja e quente. Levanto, o sol brilha alto entre nuvens e eu vou caminhando devagar, não há pressa num dia que não anuncia o seu fim.

Meu corpo cruza a cidade, uma rua, outra, paro num semáforo, sigo. Prédios, asfalto, gente, a cada esquina escolho por onde ir. Um mendigo puxa sua carroça lotada de papelão, atrapalha o trânsito e não se incomoda com as buzinas e xingamentos. Jorge diria que todos têm direito à cidade, mas que ele deveria fazer isso em outro horário e não bem na hora em que as pessoas precisam circular para trabalhar. Eu não sei o que acho da circulação na cidade, mas noto que não sou eu que estou puxando o carrinho, não sou o cachorro que vai sentado em cima do monte de papelões, nem sou o papelão, nem o carrinho ou a menina de mochila nas costas que espera para atravessar.

Atravesso a última rua e estou na calçada em frente ao meu prédio, aqui não tenho escolha, vou entrar no apartamento, sem Jorge. O porteiro não está, e o zelador de cima de uma escada de serviço, faz menção de descer para abrir a porta. Quando Dona Carmem vinha nos visitar, eu tinha que descer e vir esperar na calçada. Jorge dizia que ela não gostava de subir sozinha, mas ele nunca estava pronto quando ela chegava. Logo na primeira vez, ela não me deixou abrir a porta do saguão, nem do elevador. Segurou meu braço discretamente e fez um gesto elegante para o porteiro; ele se aproximou humilde e abriu a porta para nós, eu fiquei meio sem graça, acho que não era um costume de ninguém do prédio esperar que ele abrisse a porta. Quando comentei com Jorge ele riu e disse: "Minha mãe é assim, Martina, gosta de manter certas tradições".

Subo imaginando o que vou encontrar na ausência de Jorge. O espaço vago da metade da cama deve ter se alastrado e dominado o apartamento, criando um vazio absoluto. Vejo o mar, um deserto, imagens plenas de uma coisa só, água, areia, tudo o que se espalha, a paisagem que multiplica o mesmo. Empurro a porta que desloca o ar abafado da sala abrindo caminho, meu corpo rompe o vazio e vejo que tudo está como antes, só que parece fora de lugar, como uma casa nua e suja depois que os móveis se foram na mudança. É ainda a nossa casa, mas não é mais a mesma. Troco alguns objetos de lugar, arrasto uma das poltronas, afasto a mesa de centro, enrolo o tapete, coloco a mesa de jantar encostada na parede e as cadeiras em círculo na sala, como em dia de festa. Ficou bom.

Sento no sofá esperando as visitas como se estivessem para chegar, como se eu não tivesse acordado hoje sem Jorge e vagado pelo apartamento até me sentar aqui sem saber onde eu estava. Como se o telefone não tivesse tocado e como se eu não tivesse ido ao hospital, não tivesse me sentido ridícula no saguão e mesmo assim conversado com Dr. Otávio como se eu fosse capaz de tomar decisões. Sento esperando os amigos como se eu não tivesse tido vontade de gritar com a minha mãe e não tivesse saído correndo e depois me sentado horas num banco de praça. Sento esperando Miguel e Carlos chegarem da faculdade, para minha mãe poder servir o jantar, sair da cozinha e ir deitar. Espero como meu pai esperou a vida toda. Espero Jorge, como se eu quisesse que ele voltasse.

Sinto fome mais uma vez e na cozinha encontro a louça suja do café da manhã e a gosma de torrada mascada com geleia de laranja. Minha mãe vivia na cozinha entre o fogão, a geladeira e a pia. A cozinha tinha duas portas, uma de madeira que dava para a sala de visitas e, do outro lado, perto do fogão, a porta de vidro e alumínio que abria para a área de serviço e quintal. Aqui é parecido. Fogão, geladeira, pia, coifa e janela. Micro-ondas, torradeira. Aqui não tem quintal com piso de ardósia verde e depois a edícula com a lavanderia embaixo e quarto de empregada no segundo andar. A lavanderia aqui é minúscula e não tem o quarto de empregada. A Preta morreu antes do Carlos casar e ir para o Sul. Jorge não gosta de cães.

Pego um iogurte na geladeira, abro e o cheiro azedo me enjoa. Deixo em cima da mesa, ao lado do prato com os restos do café da manhã. Volto para o sofá, ainda não fui até o quarto, preciso lavar os pés da sujeira da praça, os cacos de vidro não cortaram a minha pele e a dor, eu estava atenta, logo passou. Eu não sei quanto demorou a passar a dor no dia do abridor de latas, eu era menina e não prestei atenção. As agulhas por dentro do meu corpo não chegam a doer, só pinicam quando me movo.

Volto para o sofá. Eu devia ligar para Miguel e para Carlos para contar que Jorge foi embora e que a mãe caiu. Quando eu era pequena, eu falava tudo para Miguel e tudo o que eu falava vinha dele. Era ele quem punha nome nas coisas, antes de Jorge. Coisas de nome Miguel, coisas de nome Jorge. Meu pai não fazia nada, só lia jornais e minha mãe era mãe só na cozinha, quase nunca saía de lá, só para dormir. Miguel não gostava disso, reclamava que ser mãe só na cozinha não bastava, não valia, não era suficiente só comer. Para Carlos estava bom, acho que ele tinha muita fome.

Eu gostava de me jogar do alto da escada do quintal. "Posso soltar?", eu gritava. Se escutasse "pode", largava meu corpo e voava até aterrissar no colo de um dos meus irmãos. Miguel era mais macio e perfumado, Carlos depois de me pegar ainda me punha de ponta-cabeça. Um dia Miguel não quis mais brincar, disse que eu estava ficando muito pesada. Olho para a janela e penso que se eu me soltasse hoje, uma nuvem me apanharia. Depois nem a Preta quis mais brincar, ficou velha. Eu jogava a bola de borracha azul, dizia "pega, Preta, pega", ela levantava as orelhas, abanava o rabo fino e comprido, mas não ia atrás da bola. Quando eu comecei a namorar Jorge, a Preta já tinha morrido, Carlos já estava no

Sul e Miguel andava cada vez mais calado. O silêncio em casa era muito grande, só da cozinha vinha ainda algum ruído, minha mãe batendo bolo ou lavando a louça.

Um dia, quando eu ainda era pequena e todos moravam em casa, eu estava sentada num dos degraus da escada do quintal e minha mãe me chamou. Eu costumava ficar lá, vendo ela cozinhar, ela ia se mexendo na cozinha e eu ia acompanhando seus gestos. A primeira coisa que ela fazia era pegar a carne com carinho, limpar, esfregar bem o alho, o sal e a pimenta. Depois punha numa travessa, cobria com um pano de prato e colocava no canto da pia. Lavava o arroz e punha para escorrer, catava o feijão, deixava a salada de molho na água. Quando os meninos chegavam da escola, já estava tudo pronto. Eles não sabiam que quando ela estava na cozinha, seu corpo quase dançava e seus lábios se mexiam como se ela conversasse com alguém que não estava mais lá.

Eu não sei se ela já tinha me visto lá no topo da escada algum dia, ela quase nunca olhava para fora. Ouvi sua voz me chamando, "Vem, Martina, me ajuda a lavar essa alface", e então ela me ensinou como se fazia. Depois disso, todo dia eu podia entrar na cozinha e ajudar um pouco, mas era segredo. Um dia Carlos, chegou da escola mais cedo e me viu lá, mas não falou nada, na hora do almoço disse que a comida estava com um gostinho especial. Eu dei risada e até minha mãe riu. No dia seguinte ela me deu um avental com meu nome bordado.

Outro dia foi Miguel que chegou mais cedo e me viu lá, de avental, abrindo uma lata de leite condensado. Eu estava sozinha, minha mãe tinha ido até a horta pegar um tempero, tomei um susto e acabei furando o dedo com o abridor, uma gota de sangue se misturou ao branco viscoso do leite condensado. Estava calor e minha mãe ia me ensinar a fazer bolo gelado. Escutei a voz grave do meu irmão:

– O que você está fazendo aqui? Cadê a mãe? Você está sozinha?

Nesta hora minha mãe entrou pela porta de vidro com um macinho verde e fresco na mão. Ela vinha quase sorrindo, com um fio de suor escorrendo pelo lado da testa. Miguel nem olhou para ela.

– Deixa eu ver isso, Martina – ele disse.

Segurou na minha mão para ver de perto o machucado, me deu um beijo e puxou suave minha cabeça para o seu peito, afagando meu cabelo. Senti seu perfume e ouvi seu coração bater forte. Fomos até a pia para lavar o corte, mas a pia estava toda suja, minha mãe estava justo temperando o frango, a pior hora da cozinha. A pia cheia de aparas de pele murcha e carne crua junto com um resto de louça por lavar. O papel que embrulhara o frango, todo melado, amassado atrás da torneira, o ralinho estava entupido com restos de cascas de cenoura e batata, a água não descia e tudo começou a boiar numa piscininha de lixo e gordura. Subiu um cheiro meio ruim, a panela de pressão começou a apitar, com a válvula girando aflita.

Miguel fechou a torneira, olhou firme para a mãe e pediu um pano.

– Limpo – disse.

Desamarrou meu avental com gestos urgentes, segurando minha mão para cima com cuidado. A panela de pressão se sacudia toda, batendo na grade do fogão, a válvula girando louca. O vapor embaçou o vidro da janela, achei que a cozinha ia explodir e comecei a chorar. Subimos para fazer um curativo e minha mãe ficou. Eu ia aprender a fazer bolo gelado, mas me machuquei. No dia seguinte a mãe não me chamou mais, eu pedi, mas ela estava batendo uma massa com força e disse que a cozinha não era lugar para mim.

Levanto do sofá, vou até a cozinha, abro a gaveta dos talheres, pego o abridor de latas e pressiono a ponta contra meu polegar, o mesmo dedo, até ver a gota de sangue brotar na pele. Dói um pouco, mas não como naquele dia, nem é preciso lavar e fazer curativo, dou uma lambida e quase nem vejo mais o furo. Naquele dia a dor escapou de mim e se espalhou pela casa, hoje só dói mesmo a ponta do dedo. Aproveito e vou até a despensa buscar uma lata de leite condensado, mas nem precisa do abridor, é só puxar a argola da tampa que ela sai de uma vez. Bebo um gole direto da lata e jogo o abridor no lixo.

Volto para o sofá, fecho os olhos, continuo escutando as vozes que ouço desde cedo, o silêncio de Jorge libertou essa turba que se diverte gritando na minha orelha. Um latido de cão me torna cão, um choro de bebê me infantiliza e o tom grave de uma voz me comanda. Miguel, Jorge, Carlos, meu chefe e até o Serginho, só não escuto meu pai e minha mãe. Onde estavam que guardavam tanto silêncio, me pergunto. A resposta vem pronta, já elaborada por voz alheia: meu pai estava ruminando sua derrota numa batalha que não era dele e minha mãe na cozinha, temperando carne e conversando em voz sussurrada com alguém invisível. Tudo o que sei são ecos de fora que escuto e repito, nada disso agora faz sentido, nada é real. A verdade não está solta no mundo como um cão sem coleira, deve ter um dono que sabe seu nome.

Meu pai assistia aos jogos de futebol com Carlos, e fora isso lia jornais. Primeiro os normais, de grande circulação, e depois uns pequenos, de bairro, e até os de outros países. Não se interessava especialmente por nada, lia tudo, as páginas esportivas, política, a parte policial, os classificados e o caderno de cultura. Ninguém sabia qual era o interesse dele, às vezes parecia que procurava alguma notícia em particular, outras só corria os olhos pelas letras. Miguel passava por ele e brincava meio áspero, "Desiste, o senhor não vai achar aí o que está procurando". Carlos defendia, "Deixa ele, não provoca". Eu não sabia do que se tratava, o que meu pai procurava, mas não perguntava, fazia parte dos mistérios da minha casa, dos assuntos que não me diziam respeito, como quase todos. Eu era caçula e o mundo doméstico girava independente de mim, por minha causa talvez, mas apesar de mim. Eu era o motivo de pequenas batalhas, numa guerra sem munição, em que o inimigo estava ausente e a artilharia cansada.

Jorge gostava do meu pai. Achava que a sua fraqueza e a sua imobilidade eram resultado de uma vida dura, descanso merecido. Miguel pensava o oposto, dizia para nós que aquilo era covardia e fuga, que meu pai tinha desistido da vida antes da vida acabar. Carlos não se incomodava tanto, os dois assistiam futebol aos domingos e se davam bem assim. Eu quase não falava com meu pai, mesmo quando era dia de jogo do Carlos no clube e nós dois íamos assistir, eu gritava na arquibancada e meu pai torcia com os olhos. Antes de voltar para casa, tomávamos uma coca-cola na lanchonete do clube, Carlos todo suado e com uniforme sujo de terra, gostava de sentar ao contrário na cadeira, virado de frente para o encosto. Eu queria fazer igual, mas não conseguia, ele ria, me pegava no colo e me enchia de beijos. Eu tinha um pouco de nojo do suor dele, mas gostava. Meu pai assistia, rindo também, ele nunca me pegava no colo e nunca me beijava, também não beijava a minha mãe e minha mãe não me beijava. Era uma ciranda seca.

Eu sabia que meu pai tinha nascido na Itália, mas não sabia mais nada sobre a história dele. Um dia eu perguntei para os meninos por que ele tinha vindo para o Brasil e Carlos me contou que durante a Segunda Guerra o pai dele tinha sido convocado, mas ele não concordava com a posição da Itália, que no início apoiava a Alemanha nazista. Desde muito jovem nosso avô era antifascista e quando foi chamado para a guerra preferiu desertar do exército italiano e se aliar ao grupo da Resistência que lutava contra os alemães. Carlos me contou com orgulho tudo o que sabia e Miguel ficou só olhando, sem dizer nada.

Num certo momento meu avô precisou fugir e se esconder para continuar lutando sem envolver a família. Nessa época meu pai tinha uns onze anos e a irmã dele, Anna, uns quatro ou cinco. A cidade onde eles moravam estava sendo bombardeada, era impossível continuar lá. Antes de partir, meu avô levou os dois e minha avó para uma igreja que ficava no campo e era um lugar mais seguro. O padre dessa igreja também não gostava dos nazistas e abrigava muita gente. Todos morando juntos, amontoados. Algumas famílias na parte da frente e outras escondidas num porão, eram os judeus. Cada um tinha uma tarefa, minha avó ajudava na cozinha, meu pai ficava na horta e levava comida para as famílias do porão. As crianças pequenas ficavam soltas, brincando sozinhas. O padre dava aula de catecismo para os jovens e todos rezavam de manhã e no final da tarde.

Carlos me contou que meu pai dizia que algumas vezes aparecia um grupo de soldados pedindo abrigo, e todos se mobilizavam para atender. As mulheres corriam para a cozinha e enquanto isso o padre fingia que era fascista e ficava falando sem parar contra os comunistas e judeus, apoiado pelas meninas que ficavam escutando e falando junto. Os meninos conversavam com os soldados e pediam para olhar as armas, os capacetes, as botas, tudo. Todos falavam sem parar e se mexiam de um lado para o outro, os pequenos choravam bastante e faziam manha, e as mulheres gritavam da cozinha pedindo para alguém matar mais galinhas ou trazer temperos da horta. Tudo era combinado e ensaiado para distrair a atenção dos soldados e eles não ouvirem nenhum barulho do porão. Além disso, quando os soldados estavam lá, tinha missa três vezes por dia e o padre convocava todos para confessar, sem exceção. A tropa ficava zonza com a algazarra e preferia correr de volta para a batalha. Meu pai contava que ficava enjoado de tanto barulho e de tanta reza.

Em 1943 a Itália se rendeu, e tudo virou uma bagunça. Os soldados italianos não sabiam para que lado ir; os alemães, antes aliados, tinham virado inimigos. As notícias foram chegando aos poucos e a maioria das famílias católicas começou a deixar a igreja. Apesar da confusão, a ordem era voltar para casa, reconstruir as cidades e receber os soldados sobreviventes. Minha avó decidiu ficar, tinha combinado com meu avô que esperaria por ele. Meu avô nunca voltou.

Quando a guerra começou, minha avó só tinha uma irmã, os pais já tinham morrido. Durante um bombardeio, essa irmã estava na rua e não conseguiu correr para se abrigar, a destruição foi tanta que não encontraram corpo, deve ter ficado no meio das ruínas. Elas tinham um irmão mais velho, mas ele tinha ido embora bem antes da guerra, antes até dos pais morrerem. Ela não sabia quase nada sobre ele. Sozinha com os dois filhos minha avó preferiu não voltar, mesmo quando a situação começou a melhorar. Ficaram lá com mais duas mulheres e umas crianças órfãs, ajudando o padre a cuidar da igreja, dos bichos e da horta. Meu pai não concordava, insistiu para a mãe que não estava certo, que eles deviam voltar para a cidade, que ele tinha que estudar, mas ela estava apavorada, não queria voltar sem marido e não queria ser viúva de soldado desertor. Ele então disse que ia sozinho, prometeu para Anna, sua irmã, que um dia ia voltar. Como meu avô, também não voltou.

Em vez de ficar lá no meio das ruínas meu pai preferiu ir atrás do tio. Minha avó dizia que a única coisa que sabia do irmão dela era que ele tinha ido para o Brasil e meu pai quis vir para tentar achar o tio desaparecido. Como fez para chegar aqui ele não contava direito, dizia que foi a pé e de carona até Gênova e de lá pegou um navio, acho que nem minha mãe sabe os detalhes. Só sabemos que veio de navio e que quando chegou aqui foi trabalhar entregando jornal, queria achar o tio, contar que a mãe estava sozinha e precisando de ajuda, aí voltariam os dois para reconstruir a família. Não tinha ideia de como achá-lo e logo teve que começar a trabalhar para sobreviver. Encontrar o tio foi virando só uma ideia e voltar para buscar Anna e sua mãe apenas um sonho. As cartas foram rareando e ele foi perdendo o contato com as duas, mas sempre que mudava de casa mandava para a igreja uma mensagem dizendo seu novo endereço. A certa altura ficou sabendo que o padre tinha sido transferido e que elas estavam voltado para a cidade. Alguns anos depois, quando ele já estava casado, recebeu uma carta da sua irmã contando que a mãe tinha morrido.

Afundo no sofá, cada vez mais fundo, enredada pela minha própria história. Aos poucos, as vozes de Carlos e Miguel silenciam e eu escuto a minha voz. Minha memória marcha como se eu estivesse também na guerra, estivesse também ficado escondida num porão ou conversado com soldados. Talvez eu fizesse parte do time das crianças pequenas que choravam ensaiadas. Entro no navio com o meu pai e desembarco aqui procurando alguém que desapareceu.

Olho em volta, não estou no porto, estou sozinha em casa. Aproveito o silêncio e reparo nos detalhes do apartamento, nada aqui lembra a guerra, a Itália ou o padre. Jorge não gostava de enfeites, nem muitos móveis, nada que juntasse poeira ou chamasse muito a atenção. Acho que assim sobrava mais espaço para ele se espalhar. Não sinto mais o perfume de Jorge, o cheiro é agora outro, também não é do alho refogado, do café, do pão torrado, nem do hospital ou dos corpos no ônibus. Acho que o cheiro que sinto é do meu corpo.

Miguel dizia que quando eu nasci eu era tão frágil que ele me vestiu com um chumaço de algodão, "o tecido das roupas era muito rígido para sua pele", ele dizia, "eu te cobria com algodão e não deixava ninguém encostar em você. A mãe não teve leite, nem forças e o pai trabalhava o tempo todo. Éramos nós três, você, Carlos e eu. A mãe preparava as suas mamadeiras, mas você vomitava tudo. Eu tinha que te dar o leite de colher, gole por gole". Essas frases ecoam pelo apartamento e esbarram nas coisas do Jorge, ele também me cobriu com tecido fino e me contou histórias que passaram a ser as minhas. As vozes deles se embaralham e a única resistência é a torrada vomitada e a minha voz, quanto mais eu falo, mais espaço ocupo, preciso me livrar de tudo o que não é meu para abrir caminho. Levanto do sofá e chamo o caminhão de mudança.

O cão, que não é um cão, é um monstro, arranha a janela que acabo de fechar com pressa, corro fechar a próxima, ele quer de todo jeito entrar. Se entra, me aniquila. Ele chega antes, rápido como um sonho, a janela está aberta, vejo seu pelame ruivo na transparência do vidro. Mesmo se eu corresse, não daria tempo para fechar, mas ele não entra, fica me olhando. Poderia, mas fica. A garganta arranha; os lençóis embolados, endurecidos de suor, formam uma massa que vinca a minha pele, quase dói. Não abro os olhos preservando ainda o restinho do pesadelo. Sede, a garganta colada nos dentes. Me lembro que a sala está cheia de caixas, os homens da mudança já vão chegar. A realidade me invade ruiva. Corro.

Me levanto, chuto o lençol, abro a janela. Se eu fizer tudo rápido funciona melhor. Espio lá para baixo, tudo igual, só que chove. O sol não entra no quarto, que fica na penumbra, e eu sinto a presença de Jorge.

Jorge era meu protetor. Jorge era a minha pele. Eu era tão desprotegida que não suportava a trama de uma roupa, e Jorge era forte. Jorge era macho. Jorge era vitorioso. Jorge sabia. Jorge falava alto e tinha certezas. Jorge decidia. Jorge era lindo. Moreno, olhos verdes, cabelo claro. Entro no banheiro, e nada lá é Jorge. Eu expulsei Jorge daqui, ele está na sala, guardado nas caixas que vão embora hoje. Os homens da mudança vão levar Jorge daqui, o zelador abrirá a porta e Jorge será entregue na residência Costa Dias.

No guarda-roupa só as minhas coisas, o resto está vazio, um leve cheiro de alfazema aos poucos ocupa o quarto. Caminho até a sala batendo forte o salto de madeira no chão, preciso escutar bem este som, para poder comparar com o som do apartamento vazio. As caixas empilhadas ainda ocupam espaço e atrapalham a circulação dos ruídos. Falta pouco.

O interfone toca, os funcionários da transportadora sobem, abro a porta. São três homens de macacão azul que invadem a casa como uma nuvem de gafanhotos. Explico que são apenas as caixas e os móveis da sala e do quarto. Eles têm pressa, olham em volta. O sofá fica, vou precisar dele, o colchão fica, a cama pode ir. As caixas pesadas são livros, podem ir. Não quero a presença deles aqui. Os da estante são os meus, esses ficam, a estante também. Não olho para os homens. Eles circulam livres pela casa e vão deixando rastros, não quero que nenhum me olhe. A mesa vai sim, com as cadeiras, pode levar. Eu poderia pedir para terem cuidado para não deixar a presença deles aqui. Os quadros, as plantas, vai tudo. Eles não iriam entender. Na cozinha não precisa mexer, aviso. Iam achar que eu estava reclamando da sujeira. A cozinha fica como está.

Jorge mal cabe nas caixas, não se contém, percebo uma agitação e temo que elas possam explodir, espalhando Jorge de novo por todo o apartamento. Rezo para que os homens façam logo o serviço, agora sou eu quem tem pressa. Empurro para baixo do sofá o capacho e os jornais que vieram parar no meio da sala.

Ao meio dia está tudo terminado, os homens foram embora carregando as caixas com Jorge dentro. Só ficou aqui o que não é Jorge. Eu fiquei. Ando pelo apartamento medindo passos e pisando onde antes havia Jorge. Sinto o piso contra a sola do meu pé finalmente nu, tomo um banho de porta aberta e me visto, calço apenas um chinelo e saio para o mercado.

A chuva parou e o sol seca o asfalto, as poças d'água refletem o céu com um resto de nuvens inofensivas, vejo cachorros na coleira, jovens saindo da escola, e velhos com guarda-chuvas teimosamente abertos lotam as calçadas. Uma criança pequena passeia de mão dada com a babá e fala com sua voz fina, um caminhão de lixo passa vagarosamente, atrapalhando o trânsito, os motoristas furiosos buzinam, abafando a fala da menina. Ela continua falando, sem saber que não pode ser ouvida. A babá sorri, concordando, como se a escutasse.

No mercado, tenho que pegar os produtos da prateleira e colocar no carrinho. Observo os pacotes e frascos, os itens a granel, os saquinhos plásticos, as bandejinhas de isopor, não sei o que escolher. Não sei, aqui, o que seria Jorge. Arrasto o carrinho pelos corredores e procuro uma porta ou uma janela, mas o mercado é um bunker isolado do mundo. Eu posso me alimentar do que eu quiser, comer só verduras, só carne ou só leite condensado. Posso limpar a casa com desinfetante de alfazema ou com um multiuso de maçã verde. Usar água sanitária ou creolina. Posso nunca mais usar amaciante de roupas para enfim sentir a trama firme do tecido arranhando a minha pele. Tenho fome e ainda não sei o que comer.

Passo por um carrinho vazio e vejo um papel de caderno dobrado, estico a mão e apanho o papel. É uma lista de compras que foi deixada para trás. Pronto, é a minha lista, pego tudo o que está marcado e vou ticando, é muita coisa. Fico feliz com a minha compra e volto para casa carregada de sacolas, ajeito tudo nas prateleiras da despensa e na geladeira, que fica lotada. Veio manteiga e margarina, mas eu não suporto manteiga, nem margarina. Marco na lista para não pegar da próxima vez. Na verdade também não gosto de geleia de laranja, nem de iogurte.

Sem as coisas do Jorge a casa fica enorme, o espaço vazio convida para uma dança com a ausência. Começo tímida, mas me animo e rodopio pela sala. Logo fico tonta, caio exausta no sofá e não consigo mais levantar, a ausência não é tão leve quanto parece. Pego um caderno e faço anotações. O dia já termina, a noite chega fresca, lavada de chuva fina. Escuto um bebê que chora e me embalo na sua cólica, penso em anotar no caderno também esse bebê, que agora já faz parte de mim. Resisto e durmo.

Caminho pisando em pétalas, ou algo ainda mais delicado, estou numa planície. Mais à frente vejo um morro coberto de grama, vacas e bezerros pastam, pássaros voam e pousam em árvores ressequidas. Estou só, mas escuto todas as vozes que eu já escutei na vida, as vozes fracas do meu pai e da minha mãe e a voz ruidosa dos meninos. O latido da Preta, a voz correta dos meus professores, sons da televisão. Recados, canções, conversas no ônibus. Escuto a voz de Jorge, que também é a de Miguel: "Vem, Martina, vem". Olho para todos os lados e não vejo ninguém, ele se foram, mas me deixaram suas vozes. As pétalas do chão já não são pétalas, são restos de confete sujos do Carnaval passado, as vacas agora são tratores, os pássaros fogem assustados. Todos falam o meu nome e me chamam cada um para seu lado. Eu vou, dou um passo em cada direção até perceber que não saio do lugar. Me lanço num voo mas acordo antes de saber onde vou pousar.

Desperta, percebo que não escuto mais as vozes, nem mais nada. O mundo está mudo. Caminho até a cozinha e não escuto meus passos, não escuto o ruído da panela encostando no fogão, a água escorrendo na pia, nem a colher batendo na xícara. Não escuto nada, nem escutaria a minha risada, se eu risse agora. Não sinto o cheiro do café, nem o gosto, não sei se está quente, doce ou amargo. Volto tateando para o sofá que também não enxergo. Acendo o abajur, mas nada clareia, apalpo o tecido do sofá, não sinto nem macio, nem áspero. Nada ao meu redor existe, o mundo se foi, fiquei eu e minhas histórias.

Na cabeceira da cama do meu pai tinha um relógio de pulso. Não era daqueles antigos, era moderno, mas era velho, todo metálico, com fundo laranja. Era automático, precisava ser movimentado para funcionar. Todos os dias antes de dormir, meu pai ficava olhando e mexendo no relógio, limpava o vidro, a corrente, punha no pulso por um tempo e ficava agitando o braço de um lado para o outro. Depois tirava o relógio, levava até o ouvido, dava um meio sorriso e colocava de volta na caixa forrada de cetim. Um dia eu perguntei se ele nunca ia usar aquele relógio e ele disse, "Não, Martina, esse eu não uso, não é meu". Perguntei se estava quebrado e ele respondeu que de certa forma sim. Não entendi bem, mas ele disse que aquele relógio não marcava o tempo que viria, só o tempo que já tinha passado. Depois pegou um caderno pequeno dentro da gaveta do criado-mudo e anotou alguma coisa lá. Eu já tinha visto ele fazer isso, mas nunca tinha pensado no assunto, era uma das coisas que meu pai fazia. Naquele dia eu reparei e quis saber de quem era o relógio e o que ele marcava no caderno.

Antes eu achava que todos os pais faziam isso, que podia ser normal dar corda num relógio que não se usa, que na verdade nem é seu, como podia ser comum um pai calado que só gosta de ler jornal. Achava também que ter um quarto fechado onde ninguém podia entrar era normal em todas as casas. Eu nunca tinha parado para pensar se aquilo era estranho, ou se havia algo diferente naquele quarto trancado. Para mim era só um quarto sempre escuro e fechado que ficava em frente ao meu e passar por aquela porta fechada fazia parte da minha vida.

Um dia eu estava brincando no meu quarto com Sérgio Luís, o Serginho, meu vizinho, e ele me perguntou o que tinha lá. Eu disse que não sabia, que nunca tinha visto aquela porta aberta. Os olhos dele brilharam.

– Ninguém entra? – ele perguntou – nem para limpar? Deve ser nojento – disse rindo e tapando o nariz.

Pensei um pouco e disse que às vezes a minha mãe entrava. O Serginho ficou louco para entrar lá, mas eu não quis. Minha mãe chamou para o almoço e ele foi embora pela janela, descendo pela árvore. Eu olhei para a porta fechada e já não me pareceu tão normal. Nos dias seguintes ele voltou querendo entrar naquele quarto e não adiantava eu dizer que a porta estava trancada, que eu tinha tentado, mas não abria.

– Deve ter uma chave em algum lugar – ele dizia.

De tanto ele insistir fui ficando curiosa, também queria entrar lá, mas desconfiava que não devia fazer aquilo. Aquela porta pulsava ao contrário, era tão quieta e tão morta que o vazio lá de dentro escapava para fora e contaminava toda a minha casa. Eu não disse nada disso para o Serginho, só fingia que eu não tinha o menor interesse em entrar lá. Eu não tinha como explicar para ele o que era que escapava por aquela porta, era algo que não tinha nome, era como soletrar as palavras invisíveis que compõem um texto.

De tanto que o Serginho insistiu, eu fui criando coragem e um dia disse que podíamos procurar a chave no quarto dos meus pais. Combinamos para o dia seguinte de manhã. Minha mãe ficava na cozinha e não sairia até a hora do almoço, os meninos estariam na faculdade e meu pai no trabalho.

Serginho estava com uma roupa camuflada do exército.

– É do Jopa – ele disse – mostrando a camiseta gigante embolada para dentro de uma calça de sarja marrom.

– Tudo livre – eu disse, enquanto abria a janela.

Ele pulou para dentro do meu quarto,

Jopa era o João Paulo, irmão mais velho do Serginho. Tinha a idade do Carlos e era do exército, morava no quartel e só vinha para casa nos dias de folga. Fomos até o quarto dos meus pais, estava escuro, a janela fechada, a cama desfeita. Aquele escuro era um pouco do escuro do quarto fechado. Abri a janela e um sol fraco de inverno entrou iluminando o ambiente e tudo ficou gelado.

– Procura aí do lado do meu pai que eu vejo aqui nas coisas da minha mãe.

Procuramos por um tempo, mas não achamos chave nenhuma, nem pista de chave. Quando virei, o Serginho estava sentado na cama segurando a caixa com o relógio.

– O que tem aqui? – ele perguntou.

Eu disse que era um relógio velho, ele abriu a caixa e comentou que era parecido com o relógio antigo do irmão dele.

– Agora ele tem um novo, digital. Mas esse aqui funciona – ele disse com espanto – e está novinho, o do meu irmão tá detonado. Seu pai também tem um digital agora? – ele me perguntou.

Eu disse que não, que meu pai nunca usava relógio e que aquele não era do meu pai.

– Deve ser de um dos seus irmãos – ele disse.

Eu respondi que não, que eu nunca tinha visto meus irmãos com aquele relógio e contei que mesmo não sendo dele, nem dos meus irmãos, meu pai cuidava do relógio todas as noites.

– Suspeito, muito suspeito – ele disse, fingindo que coçava uma barba inexistente.

Eu perguntei por que achava suspeito e ele disse que era estranho dar corda num relógio que não era dele, nem de ninguém da casa. Limpar, cuidar e nunca usar, ele achou estranho.

– Mas seu pai é assim, né, Martina? Esquisitão – ele disse rindo. Eu ouvi aquilo e não entendi bem, como assim, esquisitão?

– Ah, todo mundo na rua diz que seu pai mudou muito. Que ele não era tão calado, tão triste. Que era até brincalhão. Mas que isso foi antes.

Serginho ia falando e foi saindo do quarto dos meus pais pela janela, como sempre fazia.

– Antes do quê? – perguntei desconfiada, já em meio a um incômodo familiar.

– Sei lá, antes, um tempo atrás – ele disse já escorregando pela árvore que ficava junto à janela do quarto.

– Pergunta para a sua mãe – gritei lá de cima.

Logo em seguida me arrependi e quis recolher aquele grito, mas Serginho lá de baixo sorriu e fez um gesto afirmativo, polegar para cima, indicando que tinha me ouvido.

Voltei para o quarto dos meus pais para apagar os vestígios da nossa busca. A caixinha com o relógio estava em cima da cama. Quando fui guardar no lugar onde meu pai deixava, notei que o fundo de cetim da caixa estava solto. Levantei um pouco e achei lá uma chave, era a chave que procurávamos, eu imaginei. A chave do quarto escuro ficava junto com o relógio, naquela caixa que meu pai abria todas as noites.

Eu tinha treze anos e meu corpo se alargava, meus seios doíam pontudos e meus cabelos já não eram lisinhos e finos, uma juba despontava na minha cabeça, junto com outros pelos e cheiros pelo corpo. Eu já não cabia no colo do meu irmão Miguel, Carlos não me virava mais de cabeça para baixo. Meu pai trabalhava e lia jornais e minha mãe não saía da cozinha. Eu tinha nas mãos um relógio sem dono e uma chave de um quarto que nunca era aberto.

Lembrei do caderno onde meu pai fazia anotações, procurei na gaveta e achei, todas as páginas tinham risquinhos e mais risquinhos, seis na vertical, cortados por um na horizontal. Semanas, como os prisioneiros de desenho animado, mas eles contam o tempo passado mirando o que vem pela frente e meu pai era prisioneiro do tempo, contava os dias que o afastavam de algo, e não os que o levariam adiante. Eu sabia disso, mas não entendia. A guerra, o pai dele escondido, a igreja, o porão, a mãe e a irmã. O padre. Tudo isso eram dores do meu pai, dores velhas e conhecidas. Apesar dessas dores ele tinha sido brincalhão, só que antes, o Serginho tinha dito, quando eu nem tinha nascido.

Isso era novo, meu pai não tinha sido sempre calado, sempre metido atrás dos jornais, ele tinha sido feliz. Naquele momento eu não entendia e queria, mas também não queria, descobrir. Os meninos não estavam em casa e se tivessem, não me contariam nada, eu tinha que descobrir sozinha ou desistir de saber, fingir que não tinha acontecido. A manhã estava quieta, lá fora tudo parado, o ar ficava cada vez mais frio, eu olhei pela janela. Do quarto dos meus pais só se via um muro sem cor, sujo e descascado. A chave morta na minha mão, a caderneta aberta, o relógio em cima da cama desfeita. Eu quis ir para o meu quarto, me enfiar embaixo do cobertor e ficar lá para sempre. Eu não ousaria abrir aquele quarto. Guardei tudo na gaveta e já estava indo para o meu quarto, que ficava no final do corredor, quando ouvi minha mãe subindo a escada. Ela nunca subia naquela hora, com o susto, me coloquei na frente dela e, sem pensar, apontei para a porta e perguntei, quase gritando:

– O que tem naquele quarto, mãe? Me diz, mãe! De uma vez, agora.

O silêncio amargo que o quarto mal continha escapou e invadiu a boca da minha mãe. Eu olhava, mais uma vez querendo recolher as palavras que rasgavam o ar, mas não tinha mais jeito. Meu corpo agigantado impedia a sua passagem, as palavras se debatiam no espaço quadrado do hall, ricocheteavam nas quinas das portas e perfuravam meus tímpanos. Ela estava imóvel e me olhava apavorada, seu corpo seco se curvou ainda mais, ia partir em dois, os lábios finos se fecharam num voto de silêncio, e eu sabia que ela não diria nada, nem sob tortura revelaria o segredo daquele quarto. Calada. Seca. Minha mãe. Me olhou firme, entreabriu a boca, segurou no corrimão da escada e olhou para baixo, como se pedisse amparo para o meu pai. Eles eram cúmplices, e eu uma guerrilheira que ousava desvendar o mundo que eles haviam construído no silêncio.

Ela respirou fundo e o ar fresco aprumou a sua postura. Ergueu a cabeça, e a boca morta abriu-se:

– Por que você quer saber, Martina? O que te importa o que tem naquele quarto?

Ela disse isso numa voz doce, quase suplicante. Implorava que eu desistisse da pergunta, da investida, que eu esquecesse tudo e voltasse a ser a Martina menina, corpo miúdo, sem cheiro e sem curiosidades. Estremeci sentindo todo o frio daquela manhã, nada me importava mais, eu também quis ser menina, quis o silêncio imóvel do meu pai, a comida quente da minha mãe e o cuidado dos meus irmãos, eu não podia arriscar a perder o pouco que tínhamos. Minha mãe mexia o lábio murmurando algo que eu não ouvia, um fio de voz ameaçava dar forma a um mundo novo, mal contido por trás daquela porta. Eu tinha treze anos e meu corpo recém-agigantado sentia frio e vontade de desaparecer.

Fiquei parada, vigiando as palavras. Ela fechou a boca. Trégua. Eu recuei um passo, abrindo caminho. Eu queria recolher as palavras e as partes do meu corpo que ocupavam todo o espaço do hall. Minha mãe avançou meio passo, inclinou para o lado e sorriu.

– As coisas do seu tio-avô, Martina, você não se lembra?

Ela disse isso com uma voz artificial, como se alguém tivesse soprado a frase em seu ouvido. Olhos vidrados, fixos num ponto atrás de mim.

– Ah é, tinha me esquecido – eu respondi.

Um raio de sol enfim perfurou a nuvem e entrou pelo vitrô colorido, uma luz amarelenta se expandiu pelo hall, e notei uma rachadura vertical na parede do banheiro, um ruído de freada de caminhão ecoou na avenida e dois cachorros latiram quase ao mesmo tempo.

Ela estava contando a história que eu já conhecia, lá dentro estariam guardadas as coisas do tio do meu pai, aquele que tinha deixado a Itália antes da guerra e vindo para o Brasil. Meu pai, dizia minha mãe em tom de crítica, mas com um sorriso complacente, tinha mobiliado todo o quarto, caso ele aparecesse. A história de que aquele quarto seria de um tio velho era contada para as empregadas novas e para as poucas pessoas que subiam até o segundo andar de casa, mas era tão raro alguém subir lá, que eu tinha esquecido. Naquele momento ficou claro que o quarto guardava muito mais mistério do que aquele improvável tio. Lembrei da fala do Carlos sobre a chegada do meu pai e, na verdade, ele nunca tinha procurado direito esse tio, começou a trabalhar e acabou desistindo. Não era só meu pai que carregava algo terrível, minha mãe e talvez até meus irmãos. Eu era a única da família que não sabia, até a Preta respeitava aquele quarto, às vezes deitava em frente à porta fechada e ficava lá por muito tempo, só levantava quando o Miguel chegava. Eu quis e não quis saber e, num último fôlego, perguntei se o relógio era do tio também e minha mãe disse com calma:

– Que relógio, Martina?

Entrei no meu quarto e bati a porta.

Na manhã seguinte, Serginho chegou bem cedo, eu estava dormindo ainda, ele entrou calado, passando com dificuldade pela janela. Contei a ele que o quarto era do meu tio-avô e disse que eu já sabia, mas que tinha esquecido. Ele também tinha perguntado para a mãe dele sobre como era meu pai, se era mesmo bem-humorado antes de nós nascermos. Ele abaixou os olhos e disse que ela contou que eles tinham se mudado para a rua depois da minha família e que só ficaram mais próximos quando nós nascemos. Fizemos silêncio por um tempo, ele olhando para o tênis e eu para os meus pés descalços. Logo ele perguntou se eu queria andar de bicicleta e eu disse que tinha tarefa. Ele respirou aliviado e foi embora pela janela, como sempre.

Era mentira, eu não tinha tarefa, já tinha feito na noite anterior, e era mentira que a família dele tinha se mudado depois da minha. Nunca mais falamos do quarto fechado, Serginho nunca mais quis entrar lá, e eu também não.

O dia clareia e estou ainda no sofá. Lembro que na noite anterior eu tinha dançado e depois despencado aqui, o mundo então tinha sumido mais uma vez e eu não escutava, não enxergava e não sentia cheiro nenhum. Só tinha a memória dessas coisas, luz, cheiro, som, a trama do sofá. E tinha a lembrança de histórias que me foram contadas. Cada um tem um jeito de contar histórias.

O telefone toca, é o Jorge. Diz que as coisas da mudança chegaram em ordem, me agradece e pergunta se estou bem. Quer tomar um café, está com saudades. Quer me ver. Eu não quero. Não quero tomar café, não quero escutar a voz dele, não quero ter saudades.

– Ok – eu digo.

– Hoje às cinco?

– Onde? – pergunto.

Anoto o endereço, desligo e vou me arrumar para ir ao hospital, ver a minha mãe. A água cai morna sobre meu corpo, o sabonete escorrega, a bucha está áspera, o xampu tem cheiro de camomila e minha imagem está desfocada. Abro a janela para que o vapor saia, os ruídos entrem e abafem a voz da minha mãe, que repete com calma fingida a história do meu tio. Penso nesse tio e procuro contar também sua história, repito tudo o que me disseram sobre ele, mas as palavras escorregam. Abro o guarda roupas e vejo o lado do Jorge vazio, lembro que mandei ontem as roupas que ele tinha deixado e fico feliz com o espaço vago. Está calor, escolho um vestido, o mesmo que usei no dia em que a irmã do Jorge deu à luz, penso na pequena Elisa embrulhada numa flanela laranja, como o cachorrinho.

Passo o hidratante com cuidado, meu corpo está quebradiço, como o da minha mãe. Lembro do silêncio da noite em que a Preta deu à luz, me pergunto se meus pais nunca souberam mesmo da morte do cachorrinho. Miguel não quis contar, e nem eu nem Carlos questionamos, que tem coisas que não se contam, ele disse. Não se contam, mas não somem, ficam ecoando pela casa.

Chego ao hospital. Fico sabendo que Dr. Otávio decidiu tirar minha mãe do coma induzido, e em pouco tempo ela irá despertar.

Mesmo sabendo que ela não terá nenhuma lucidez, fico apreensiva como se eu precisasse, quando ela acordar, dar alguma satisfação, como se ela fosse se lembrar de que eu era casada e fosse me perguntar pelo Jorge, como se para ela fizesse diferença saber que eu me separei ou que eu descobri que meu dedo não doeu com o furo do abridor de latas. Ela não tem como saber de nada disso, nem se a Preta perdeu um dos filhotes ou se eu sabia que a história do tio era mentira.

Olho em volta, tudo de novo, corredor, piso emborrachado, enfermeiras, sala de espera, avanço com segurança.

Ela ainda não despertou, seguro suas mãos, estão quentes, vivas, não têm mais cheiro de alho e continuam magras. Antes de cair no banheiro, ela reagia ao mundo sempre de forma nova, não sabia mais quem era e o que era cada coisa,

– O que é isso?

– Bolo de cenoura, mãe.

– Eu gosto?

– Sempre gostou. Vai, experimenta.

– É bom.

O próximo bolo seria também o primeiro, a cenoura da salada não era a cenoura do bolo. Na sua fala, inventava um novo passado e o confundia com o presente. Agora nem isso, zerou a máquina, está sem corpo como eu, mas quando acordar do coma não vai reconhecer nada, nem eu, nem a cenoura.

Olho para a cama da minha mãe e tenho vontade de deitar e ficar com ela para sempre, imóvel, sem futuro, só um passado que nunca termina. Sinto a textura macia do lençol, o cheiro limpo e já vou deitando, mas um fisioterapeuta entra e abre a janela, o sol se espalha e a porta bate com um barulho seco. Eu me assusto, minha mãe, não. O rapaz não olha para mim, como se eu não estivesse aqui. Lava as mãos e começa a movimentar o corpo dela, primeiro as pernas, sobe, desce, dobra, depois os braços. Observo por um tempo o rapaz manipular o corpo inerte, pego minha bolsa e saio sem me despedir de nenhum dos dois.

Meus passos ferem a maciez do piso emborrachado, não há sutileza em meu andar, tenho pressa. Saio do hospital e continuo andando firme, como se soubesse para onde ir, como se tivesse algum compromisso, na verdade tenho que ir trabalhar, mas não vou, faz dias que não apareço na editora. Devem estar fechando hoje, tudo atrasado como sempre. Me lembro da correria como se fosse algo de décadas atrás, agora nada daquilo me interessa. Mas eu preciso voltar, devem estar sentindo minha falta.

São duas da tarde, o encontro com Jorge é só às cinco. Depois mando uma mensagem para o Teco, ele vai entender. Ele é amigo do Jorge e é bonito como Jorge. É o chefe, editor da revista. Jorge pediu para ele me contratar quando eu me formei. "Turismo, artes e entretenimento, é uma revista para um público alternativo, você vai gostar", Jorge me disse. "É a sua cara", completou. Eu não tinha cara, nem estilo. "Escreve assim, Martina", disse Teco, "do seu jeito". Meu jeito era o jeito do Jorge, um mundo sempre pronto, a escrita reta, um texto certo, as coisas tinham uma direção, os caminhos dele me guiavam por roteiros que eu não conhecia, mas trilhava sem risco. Teco aprovava e publicava. Olhava para mim, de longe, e dizia: "Escreve, Martina". E eu escrevia. Agora me movimento por um mundo antigo, isso agora é o meu estilo, não crio mais roteiros de viagem, apenas um traçado das coisas nas quais meu corpo esbarra. Teco é amigo do Jorge e talvez ele não goste do meu novo estilo, talvez eu devesse sair dessa revista, penso, mas lembro que Teco não é Jorge, talvez eu possa ficar.

Depois eu penso no trabalho, no Teco e seus roteiros, agora tenho mais três horas, não posso encontrar Jorge sem nada nas mãos, há algo a ser feito e meu corpo acelera curioso por novas descobertas. Passo pela praça do primeiro dia em que visitei minha mãe, era o primeiro dia sem Jorge, o mesmo horário.

As crianças recolhidas na escola, atrás do portão azul, as pombas de pescoço verde ciscam o cimento, o vendedor de doces está a postos e o pipoqueiro vem chegando. Não me sento no banco, não tenho tempo a perder.

Um dia eu estava contando para o Serginho o que o Carlos tinha me falado sobre o meu avô na guerra e ele perguntou se meu pai achava bom ou ruim o pai dele ter fugido do exército fascista, mas eu não sabia responder. Serginho entendia tudo da guerra e disse que meu avô era um herói por ter combatido o fascismo. Disse que ele devia ser de um grupo chamado de resistência italiana.

– Tipo um guerrilheiro.

– Um bandido? – perguntei.

– Não, mocinho – ele respondeu rindo.

Eu achei bom o Serginho dizer que meu avô era um herói, mesmo sem ter certeza. Eu tinha que perguntar para o Miguel. Nessa hora, Carlos chegou e ficou parado na porta escutando nossa conversa. Eu perguntei por que meu pai não falava nada sobre a vida dele e Carlos disse que nosso pai tinha lembranças ruins, que ele não gostava de ficar falando, que tinha escolhido se calar. Eu perguntei se era por conta da mãe e da irmã que ele tinha deixado na Itália, e Carlos disse que era isso também.

– O pai de vocês é sinistro – disse Serginho. – Devia ter orgulho, mas parece que tem vergonha.

– É complicado de explicar – Carlos respondeu. – Vocês não iam entender.

– É sempre assim – protestei. – Nunca me contam nada, eu nunca vou entender.

– Na minha casa também – disse Serginho. – Só o Jopa faz parte das conversas dos adultos, mas eu fico atrás da porta e escuto, sei de tudo que se passa naquela casa.

Carlos riu. Eu aproveitei e perguntei de quem era relógio na cabeceira do pai, se era mesmo do tal tio-avô desaparecido. Ele ficou sério e disse que eu não tinha que fuçar nas coisas do pai e já foi saindo, bravo, parecendo até o Miguel quando enfezava. Na mesma hora o Serginho também saiu pela janela, sem nem falar tchau. Fiquei só, ouvindo os barulhos secos da minha casa.

Um avô guerrilheiro, um quarto fechado, um relógio velho que ainda funcionava, mas não era de ninguém, um caderninho que marcava a espera por algo que já aconteceu. O passado feito chumbo, silencioso, estufando por dentro as paredes, tudo isso eu já conhecia. Meu pai era sinistro, só lia jornais, minha mãe não reclamava, meus irmãos mais velhos cuidavam de mim. Olhei para fora e vi a mãe do Serginho estendendo roupa no varal. Ela ria e conversava com alguém que eu não conseguia ver quem era, ela falava tanto que às vezes esquecia de pendurar a roupa. A Preta latiu e minha mãe chamou para almoçar.

É estranho marcar hora para conversar com Jorge, agora que os dias correm sem ele. Caminho com passos lentos para nunca chegar, a rua se estica, fica comprida, as calçadas estão a uma altura incomum. Olho para o asfalto e ele está longe, como o leito de um rio de água parada, preto e liso. A calçada muda conforme ando. Pedras retangulares formam desenhos em branco e preto. Penso em brincar como fazia com o Carlos, só nas brancas, só nas pretas. Mas reparo que tem algumas pedras que faltam e mostram falhas que são pequenos buracos negros onde tudo poderia sumir, sem deixar rastro que não fosse lembrança e história. Não resisto, abaixo e toco um desses buracos. Nada. Ninguém me puxa, nenhuma força incontrolável quer me reabsorver. Jorge quer. "Vem, Martina". Eu vou. Caminho e observo: pisos de concreto e grama, cimento e pedras porosas. Tampas de bueiro, metal, canteiro, terra. Raiz de arvore estufada. Cocô de cachorro. Jorge me espera, vai atrasar, e eu vou esperar. Mais uma vez eu vou esperar por Jorge. Não vou. Se ele demorar, me levanto e vou embora. Para sempre. Faltam duas quadras, imensas, já não ando, me arrasto, lenta. Uma grávida vem na minha direção, barriga cortando o espaço. Feto é espaço e tempo e promessa de futuro, futuro que meu pai não via, preso esperando só o passado.

A grávida passa alisando sua barriga, um carro sai da garagem em marcha à ré e a luz reflete vermelha. Eu poderia engatar a ré. Voltar uma quadra e demorar mais para chegar. Voltar atrás e pedir para Jorge ficar, poderíamos ter um filho ou dois. Voltar e perdoar minha mãe e meu pai enquanto fosse tempo. Voltar e pedir para alguém abrir aquela maldita porta. Mas eu já cheguei, e Jorge está sentado numa mesa. Ele chegou cedo, sorri para mim e acena com o braço levantado, magro, abatido e mais bonito ainda. Faço um sinal, vou direto ao banheiro, não posso sentir o seu cheiro, não ainda. Lavo o rosto e as mãos com bastante sabonete, abro minha bolsa e procuro o frasco de álcool gel, creme hidratante, batom. Alfazema e camomila, eu preciso dos meus cheiros. Estou pronta.

– Oi, Jorge.

– Oi, Martina.

– Tudo bem?

– Você está com a cara boa.

– Obrigada, recebeu bem suas coisas?

– Recebi. Tudo certo. Como você está? Teco me disse que você não está indo trabalhar.

– Não fui esta semana, não deu para ir.

– Você está bem, Martina?

Não quero contar para Jorge que minha mãe caiu e está em coma e que eu estou cuidando de tudo sozinha e nem avisei meus irmãos. Que passo os dias entre o hospital e o sofá, que meu corpo some e volta, que eu escuto vozes e conto histórias. Disfarço. Minto, mas desta vez presto atenção.

– Tudo na mesma.

Observo como é mentir, olho para a cara de Jorge para ver como fica diante daquela pulsação do escondido querendo se mostrar, olhos mortos que nos observam de todos os cantos. Não, Jorge não sente isso, Jorge olha por cima do muro, para além da porta fechada. Ilumina o quarto escuro. Jorge anda com passos rápidos. Dona Carmem, sua mãe, não vive na cozinha, seu pai, quando vivo, era o pai de Jorge, Mariângela e Luiz Fernando, dos três ao mesmo tempo. Não havia na casa deles um quarto sempre fechado, nem uma cadela chamada Preta ou um vizinho que chegava pela árvore. Ele não se soltava da escada num voo cego para o colo do irmão, "posso soltar?". Ele era o irmão, mas não cuidava e nem brincava com os caçulas. Eles não tinham um tio que nunca chegou, ele não conhece uma casa sempre quieta, nem os pequenos ruídos que escapam da mentira rompendo o silêncio.

– Você vai voltar para a revista?

– Vou, claro que vou. Eu trabalho lá ainda, ou não?

– Sei lá, parece que você abandonou o emprego, Martina. Teco me ligou.

– Você me chamou aqui só para isso?

– Lógico que não, queria te ver.

– Deixa que eu me entendo com o Teco. Você não precisa mais se preocupar.

– É, eu sei, mas é difícil me acostumar. Você sozinha, perdida neste mundo.

Sozinha. Essa palavra era a que Jorge usava quando se referia aos meus pais, "eles te deixaram sozinha, Martina", dizia também que eu tinha sido abandonada, "seus irmãos até cuidaram de você, mas quando você cresceu e virou essa mulher linda eles te abandonaram". Eu sabia que era verdade, que Carlos tinha se casado e ido para o Sul e que Miguel mergulhava no trabalho, como meu pai nos jornais. Eu escutava aquilo e sentia uma pena de mim que se transformava em amor por Jorge. Quando mais eu me sentia sozinha, mais eu queria fundir nossos corpos, para que ele nunca me deixasse. Quando brigávamos, quando eu não concordava com ele, seu corpo se endurecia e ele se afastava de mim, não falava nada, saía e ficava muitas horas fora de casa sem me telefonar, sem avisar onde estava. Minha vida nesses momentos era esperar por ele, eu ficava escutando no silêncio do apartamento os ruídos da rua e sabia o som que o carro dele faria ao passar pela grade do bueiro da garagem. Se eu ligasse para Miguel ou Carlos era pior ainda, ele deixava de falar comigo por vários dias, "corre para seus irmãos, vê se eles querem te receber de volta, Martina, mas cuidado para não se decepcionar". Quando eu não aguentava e me enfiava por dias no quarto sem nem chorar mais, ele vinha e me abraçava dizendo que ele nunca ia me abandonar, por mais teimosa e tontinha que eu fosse. Eu sentia o conforto dele ocupando meu corpo, cada fibra de músculo meu se mexia com Jorge.

Sozinha, ele disse mais uma vez, "sozinha como quando te conheci sentada naquela mureta, Martina. Você não tem ideia da figura triste que você era, tão frágil que me deu vontade de cuidar de você para sempre". Preciso parar essa conversa, minha pele já está se rasgando para deixar Jorge entrar. Penso que se eu desse uma boa risada, uma gargalhada, poderia impedir que ele avançasse. Ele continua, "mas você desistiu de mim, Martina, e eu não sei o motivo, às vezes chego a pensar que é ingratidão ou sua teimosia infantil". Preciso me proteger, pego o cardápio, me escondo atrás dele e finjo que estou escolhendo alguma coisa. Jorge segura forte no meu braço e puxa o cardápio, me assusto e ele sorri, chamo o garçom, mas ele está de costas e não me ouve. Jorge toma um gole de água e recomeça a falar, "minha mãe chegou a dizer que...", aproveito a deixa e interrompo de forma brusca, mas animada:

– Como está a sua mãe, Jorge? – eu mesmo me assusto com minha coragem, mas continuo. – Aquela dor no joelho já melhorou?

Ele se cala e me olha como se eu estivesse com uma arma na mão apontada para ele.

– E a bebê da Mariângela, como está? E os meninos do Luís Fernando, a Luana?

Jorge se ajeita na cadeira, faz um gesto chamando o garçom, que dessa vez olha para nós e acena que já vem. Ele começa a falar e o mundo em torno de nós para e escuta a sua voz.

– Meu irmão perguntou por você, Martina. Primeiro ele ficou surpreso com nossa separação e depois deixou escapar que já esperava por isso. Você contou alguma coisa para ele? Vocês conversaram sobre nós, foi? Quase meti a mão na cara dele por sua causa.

O garçom se aproxima da mesa meio sem jeito, olho para ele e dou um breve sorriso, Jorge não nota a sua presença e ele se afasta.

– Não é ciúmes, não, ele é folgado, acha que pode se meter na minha vida. Ele diz que eu sou mandão, mas sempre quis o que era meu, as minhas coisas, os meus brinquedos – diz Jorge, e me sinto uma bicicleta que ele perdeu.

– Que bobagem, Jorge, eu mal falava com ele, nem com a Luana. Lembra quando o Pedrinho nasceu e ela me pediu para ficar lá e ajudar?

– Você não foi porque não quis.

– Não quis para não te incomodar, se eu fosse, você ia ficar reclamando.

– Não inventa, não joga para mim as suas bobagens, Martina. Nunca soube que você gostasse de crianças.

– Nunca soube que eu gostasse de criança, Jorge? Quem não queria nem falar em ter filhos?

– Eu, Martina, pois sabia que você nunca seria capaz de ser mãe.

Jorge diz isso olhando firme nos meus olhos e eu desvio o olhar. Viro para a mesa ao lado de onde um garoto de uns cinco anos me olha assustado com a minha incapacidade de ser mãe. A mãe dele o cutuca e diz baixinho, mas firme, que é feio ficar olhando para os outros. Ele logo me esquece e eu volto a olhar para Jorge. Repito mentalmente as palavras que ele me disse: "Você não seria capaz de ser mãe". Quero responder alguma coisa, argumentar, provar que sou capaz. Posso contar para ele o que Luís Fernando me disse, que eu seria uma ótima mãe, que os meninos gostam de mim, que eu levo jeito com criança. Penso quantas outras coisas dessas ele já me disse e eu ouvi quieta, acreditando no minuto seguinte.

Palavras antigas e novas se acumulam todas em minha boca:

— Você é que não é capaz de ser pai. Nunca será. Você é filho, dono, patrão, proprietário, mas eu não sou seu autorama e meu filho não será um boneco seu.

Jorge me olha atônito e eu também não acredito que falei isso, meu corpo treme inteiro, na minha frente só o rosto de Jorge, com uma expressão que eu nunca tinha visto.

— Eu sabia — ele diz rosnando. — Isso é coisa do meu irmão, você falou como ele. Essa besteira de separação só podia ser conversa dele, você nunca teria essa ideia. Nunca ia pensar em me deixar e ficar sozinha nesse mundo, não é?

— Não foi isso — me acalmo e tento explicar do jeito que ele gosta de ouvir. — Foi uma decisão minha. Eu sempre te amei, mas percebi que preciso viver a minha vida, Jorge. Eu nunca tive essa chance... eu era muito nova... eu vivia só a vida de Miguel e depois a sua.

— Que bobagem, ninguém vive a vida do outro.

— Pensando bem, você tem razão quando diz que eu não posso ser mãe, nem cuidar de alguém. Mas eu quero. Quero ser alguém que possa cuidar e que saiba ser mãe.

— Você quer ter um filho, ok, fazemos um filho. Agora, se você quiser.

— Não é assim, Jorge.

— Tá vendo? Você não sabe o que quer. Você não sabe o que está fazendo, Martina. Vai se dar mal, vai perder o emprego. Vai pedir ajuda para o seu irmão? Vai se mudar para a casa dele e virar empregada, como era a sua mãe? É isso que você quer?

Esboço um sorriso, como um consolo, e logo começo a rir. Não por provocação, nem deboche, eu sei que ele está certo, Teco pode me despedir, ele é amigo de Jorge, posso ficar realmente sem nada, essa ideia soa como uma libertação, me vejo na rua, sozinha, e sinto uma leveza que me faz rir comigo mesma.

– Não pode, Martina, o seu riso é só meu, de ninguém mais.

Fico calada, não tenho como responder, controlo meu acesso de riso e deixo ele falar, só observo sua boca e seus olhos que estão parados, sem cor. Jorge tem certezas tão fáceis, preciso aproveitar um pouco, aprender com ele só mais essa vez. Mesmo nessa fala destemperada ele consegue ter firmeza e se sobrepor a tudo. Enquanto estávamos juntos, eu só ouvia essa voz e já obedecia, ele falava e aquilo virava a verdade, hoje a voz dele cai no vão entre nós e se mistura com as falas das outras mesas, com o cheiro do café, com o vento que começa a esfriar e com o alaranjado do sol que mergulha na poluição. Escuto uma mãe que pergunta para sua filha se ela quer pão de queijo ou sorvete.

Jorge se cala e o silêncio me desperta, ele parece mais calmo quando volta a falar e só depois de uns instantes percebo que ele me faz uma pergunta:

– Então, você quer que eu ligue?

– Ligar?

– Para o Teco, Martina. Eu aqui preocupado e você nem presta atenção no que eu digo?

– Você vai ligar para o Teco?

– É, vou ligar para dizer que você vai voltar.

– Mas ele sabe que eu vou voltar, eu trabalho lá.

– Pois é, mas não parece, você sumiu. Não atende o celular. Ele me ligou querendo saber de você, disse que não pode ficar sem alguém para cobrir o turismo.

– Tá, depois eu ligo para ele.

– Depois não pode, Martina, tem que ser já.

O "já" fica zunindo na minha orelha e pela primeira vez tenho vontade de gritar com Jorge, "Me deixa". Mas não grito. Prefiro aproveitar esse grito que fica ecoando dentro de mim, gestando outros gritos. Jorge me olha sem palavras nos olhos, nem na boca, tudo seco. Acabou. Ele estica a mão e pega no meu braço, me segura para eu não fugir, vai apertando cada vez mais e eu sinto dor. Meu coração dispara, vejo uma faísca nos seus olhos. Tudo queima. Sua mão quente me segura. Febre. Eu digo bem baixo, "Me deixa". Ele se levanta e vai embora. É o Jorge, não ia me deixar sair primeiro.

A tarde cai de uma vez e a noite vem fria, caminho de volta para casa pensando que um sol da meia-noite seria ótimo. A calçada me atrai, não os buracos, dessa vez é a superfície, tenho vontade de rolar e sentir a textura áspera na minha pele de algodão, seria ridículo, mas a curiosidade é imensa. Disfarço e me agacho no meio fio fingindo que procuro alguma coisa perdida. Ajoelho. Sinto meu peso contra o chão, é bom, e eu fico.

Me lembro da igreja quando a mãe do Serginho me levava. Pedi para Miguel e ele deixou, rindo de mim: "Não vai virar carola, hein, Martina? O pai te mata". Serginho não ia nunca com ela. Dona Margarida me convidou, e eu fui satisfeita. "Todos agora vão ajoelhar. Você imita, Martina", ela me disse, e todo mundo fez, eu imitei. Ela sabia tudinho, a hora certa de sentar, levantar e fazer o sinal da cruz, e ia me ensinando, disse que se eu gostasse poderia pedir para ser batizada, fazer a primeira comunhão, participar do coral e do grupo de jovens da igreja. Fui umas três vezes, mas meu pai soube e ficou bravo. Nunca mais fui, era tão raro eu ver meu pai bravo por algum motivo que obedeci na hora, mesmo sem entender.

O asfalto ainda guarda o calor do dia, quero lamber o asfalto, sentir o cheiro. Não resisto, deito e noto que as pessoas ao redor já me olham assustadas, finjo que estou desacordada para poder ficar um pouco mais. Olhos fechados, giro a cabeça da esquerda para a direita, várias vezes e sinto as pedrinhas do chão. Escuto alguém falar que estou tendo uma convulsão e aproveito para me esfregar um pouco mais, até arranhar a minha pele. Depois me canso e paro, queria levantar, mas um senhor me ampara e segura minha cabeça com mãos quentes e macias. Ele se comove quando eu seguro nelas. Senta no asfalto e apoia minha cabeça em seu colo, segurando a minha mão. Me deixo ficar.

Certa manhã Serginho entrou pela minha janela com os olhos vermelhos e sem falar nada sentou na ponta da minha escrivaninha, batucando de leve no tampo de madeira. Estava com cara de choro, eu nunca tinha visto ele assim.

Ficamos calados mais um tempo, ele batucando e eu olhando para a cara dele. "Meu pai vai sair de casa", ele disse e contou que a mãe tinha descoberto que ele tinha outra mulher e ela estava grávida. Serginho começou a chorar e escondeu o rosto com a camiseta, eu não sabia o que fazer. Pensei no meu pai tendo outra família e não achei tão ruim, mas não disse isso para ele. Perguntei se eles tinham certeza, ele disse que sim, que a mãe já tinha desconfiado há um tempo, mas não falou nada até confirmar. "Você vai ter uma irmã ou irmão, Serginho?", perguntei. "Meia irmã", ele retrucou. "E o Jopa?", perguntei. "Minha mãe vai contar no final de semana, quando ele voltar do quartel."

No final de semana Miguel e Carlos foram até a casa do

Serginho para ajudar, não me deixaram ir. Quando o irmão dele chegou, de farda verde, boné e coturno preto, meus irmãos saíram pela porta da nossa cozinha e entraram na casa do Serginho pelos fundos. Iam ficar na lavanderia, escutando a mãe dar a notícia, se o Jopa ficasse muito nervoso eles entrariam na sala para ajudar a segurá-lo. Ele era muito forte e quando ficava bravo quebrava tudo. O Serginho estava lá dentro, ouvindo a mãe contar para o irmão, eu queria escutar também. O pai deles já nem estava morando mais lá, tinha se mudado para a casa da outra mulher. O Jopa ficou bravo, mas não quebrou nada, abraçou a mãe bem forte e disse que cuidaria dela e do Serginho.

Pouco tempo depois já estava tudo normal de novo, Serginho quis conhecer a irmã assim que ela nasceu e já até dormia lá de vez em quando. A mãe do Serginho pintou a casa e começou a trabalhar fora. Meus pais não ficaram sabendo muito da história, Miguel disse que não era para falarmos do assunto em casa.

Depois de um tempo, o Jopa foi transferido para a Aeronáutica e teve que se mudar para o interior, a mãe deles pôs a casa à venda, queria se mudar com ele, ter uma vida mais sossegada e ficar perto do filho mais velho. O Serginho não quis ir e foi morar em outro bairro com o pai e a nova família. Eu fiquei.

Estou deitada com a cabeça apoiada no colo de um senhor, algumas pessoas me olham, "já chamamos socorro", diz um homem com o celular nas mãos, "não vai demorar", completa sua esposa que carrega uma sacola amarela. "Estou bem", digo, mas minha voz sai meio fraca e ninguém escuta. Fico mais um pouco.

Um dia Serginho me ligou e disse que queria me visitar,

fazia um tempão que não nos víamos, e quando ele chegou eu me assustei com o tamanho dele e com a voz. Acho que ele também se assustou comigo. Ficamos conversando na sala, minha mãe havia dito que não podíamos ficar no meu quarto, como antes, quando éramos crianças. Só tinha passado um tempinho e tudo estava diferente, ele estava usando aparelho, sua voz estava grossa e não vinha mais da boca, vinha de outro lugar, bem de dentro do corpo. E não era mais uma fala que contava coisas, falava de heróis, de mocinhos e bandidos. Agora ele falava e as frases vinham com gravidade, elas ficavam no ar, pontudas, cutucando o espaço entre nós. Eu tinha vontade de rir e de me encostar nele.

Contou que tinha ido visitar a mãe e o irmão e que o Jopa estava cada vez mais babaca, que no quartel era tenente, mas em casa se achava general. Eu não entendi bem, mas ao mesmo tempo sabia o que o Serginho queria dizer, eu conhecia ele e conhecia o Jopa. Ele perguntou dos meus irmãos e disse rindo que Miguel também era bem mandão, mas pelo menos não era babaca como o Jopa. Carlos era bacana, segundo o Serginho. "Gente fina", disse. Eu fiquei com vontade de contar pro Serginho que Miguel tinha mudado um pouco, usava um perfume novo e não falava muito comigo, nem era mais mandão, já nem ligava se eu ficasse na cozinha com a minha mãe, só que eu também não queria mais ficar na cozinha. Falei isso baixo, para minha mãe não ouvir, mas ela não estava prestando atenção na nossa conversa. Ao invés disso, contei que a Preta tinha morrido atropelada e depois eu não tinha mais nada para dizer. Ele contou que a irmã dele já estava andando e começando a falar, era muito linda, ele nunca tinha imaginado gostar tanto de uma pessoa tão pequena. Eu quis ser a irmã do Serginho, eu quis ser a Preta. Eu quis ser o abajur da sala.

Serginho continuou falando, contou sobre a mulher do pai, ela era bacana e divertida e, mesmo não sendo a mãe, cuidava dele também. Ele achava que ela estava grávida de novo, e então eu quis ser um feto dormindo num útero. Ele parou de falar, apontou lá para cima e perguntou sobre o quarto fechado.

– Lembra quando investigávamos, feito detetives, o quarto dos seus pais, Martina? Procurando a chave daquela porta trancada, não era?

Disse isso rindo como se fosse uma coisa muito antiga, e eu estranhei.

– Eu me fantasiava com as roupas do Jopa, lembra? E nós remexíamos tudo.

Eu estranhei mais ainda, mas não quis comentar.

– Acho que só paramos quando sua mãe descobriu e ficou brava, não foi?

Não, não era nada daquilo, mas como eu ia falar para ele? Estava tudo errado o que ele lembrava. Eu quis que ele fosse embora, mas ele não foi, ele queria ficar e chegava cada vez mais perto de mim. Eu queria o Serginho menino de volta, não aquele rapaz que ficava me olhando, eu queria que ele se lembrasse direito, que tudo aquilo tinha acontecido há pouco tempo, ontem, anteontem, semana passada, no máximo, mas ele ria como os adultos na ceia de Natal falando do tempo de criança. Para mim estava tudo igual, meu corpo, minha voz, meus dentes, nada tinha mudado e o quarto continuava trancado. Serginho parou de falar, como se tivesse lido meus pensamentos, me olhou e fez a cara que fazia quando falava da irmã dele.

– Vamos dar uma volta, Martina?

Eram três da tarde e o sol ardia sem nuvem para impedir.

Minha sandália estava pequena e a cada passo meu calcanhar tocava a calçada, esquentava, mas não queimava. Fomos até a praça dos cachorros onde tinha cachorro solto e cachorro na coleira. No parquinho, dois meninos e uma menina corriam entre o escorregador e o gira-gira, a menina era mais velha e estava sempre na frente, comandando os outros dois. O sorveteiro reconheceu Serginho e disse que ele estava muito grande e bonito, "Um rapagão, não é Martina?", disse para mim, eu não respondi, queria tomar sorvete, mas fiquei com vergonha de pedir.

O velho ainda me segura. Algumas pessoas foram embora, mas outras continuam olhando com cara de dó.

Quero me levantar, faço que vou me erguer e o velho diz "Fica calma, moça, a ambulância já vem, continua sua história".

Serginho continuava falando enquanto andávamos, contava de seus novos colegas, da sua escola, dos professores e das meninas bonitas. Eu achava aquilo tudo muito chato, preferia que ele ficasse calado ou que me chamasse para brincar. Ou que me desse um beijo. Eu tinha vontade, mas tinha nojo, olhava para a boca dele e queria silenciar as palavras, nada daquilo me interessava, por pouco não tapei seus lábios com minha mão. Acho que ele percebeu que eu estava irritada, pegou no meu cabelo e fez um carinho. Eu afastei a cabeça e pedi para ele parar. Ele se levantou e disse que era melhor ir embora. Eu falei que nunca mais queria ver ele na minha vida, que ele era muito chato e metido, mas eu estava brincando, não era verdade. Ele disse que eu era boba e criança. Disse isso sério, bem bravo e continuou falando sem parar que eu sempre tinha sido boba e não sabia de nada, eu era tonta e nunca percebia as coisas à minha volta.

– Nada o quê, Serginho? – eu perguntei, sem entender por que ele estava tão irritado.

Ele não respondeu, saiu andando rápido e me deixou para trás, parecia que ia embora para sempre. Eu chamei, gritei, ele parou, já meio longe e me olhou:

– Esquece – ele disse.

– Esquecer o quê, Serginho? Do que você está falando? O que é que eu não percebi?

– Vem cá, Martina – ele disse, fazendo um gesto com a mão para que eu me aproximasse.

Fui até lá, ele segurou na minha mão e me puxou para uma sombra, sentamos na murada de cimento. Apesar do calor, a mão dele estava gelada. Sua voz afinou e depois voltou a ficar grossa, ele dizia umas coisas sem sentido, depois ficou calado por um tempo, como se não tivesse mais nada para falar. Eu também fiquei quieta, esperando. A praça estava vazia, as crianças tinham voltado para casa e o sorveteiro estava indo para o outro lado da avenida esperar a hora da saída da escola.

– Bom – ele disse –, lembra do quarto trancado na sua casa, Martina?

– Claro que lembro.

– Era estranho, não era? Você não achava estranho?

– Ah, acho que não, eu estava acostumada com ele.

– Pois é, mas pensa bem, bem lá no fundo, o que você achava?

– Depois que você começou a perguntar eu comecei a achar estranho.

– E então?

– Então eu perguntei para a minha mãe, Serginho, você sabe como foi.

– E ela?

– Ela disse que eram as coisas do meu tio, que meu pai tinha comprado caso ele aparecesse.

– Pois é, Martina, um tio que seu pai nunca tinha visto na vida?

– Ele veio para o Brasil atrás desse tio.

– Mas nunca encontrou, não é?

– Que eu saiba não.

– E o que você pensou?

Agora, já adulta, caída no asfalto, conto essa história no colo de um velho que poderia ser o meu tio, penso que eu queria que ele fosse o meu tio, ou o homem do celular podia ser o meu tio. Naquele dia na praça, eu só quis que o Serginho calasse a boca, depois eu quis que um buraco abrisse e me engolisse ou que todos os cachorros do mundo começassem a latir ao mesmo tempo, mas o silêncio me obrigava a responder a pergunta do Serginho.

– Pensei que minha mãe estava me enrolando.

– E o que você fez, Martina?

– Nada, fui para o meu quarto.

– Então você sabia que era mentira?

– Sabia um pouco.

– Eu também, Martina, eu também sabia.

– Aquilo era assunto de adulto, Serginho, a gente meio sabia, meio não.

– Eu soube tudo naquele dia, a verdade mesmo. Minha mãe me contou, mas ela disse que eu não podia falar nada pra você, que você era pequena e que seus pais não queriam que você soubesse.

– Mas nós tínhamos a mesma idade.

– Tínhamos, pelo menos até aquele dia. Você me perdoa?

– Perdoar o quê?

– Eu não ter te contado?

– Se sua mãe proibiu eu perdoo.

– E me perdoa eu te contar agora?

– Para de drama, Serginho.

– É sério, eu acho que você tem o direito de saber, não acho certo te esconderem, e eu sou seu amigo.

– Saber o quê?

– De quem era aquele quarto e aquele relógio.

– Era de alguém?

O velho olha para mim como se esperasse também a resposta, noto que ele está acompanhando o desenrolar da história, como se eu estivesse contando para ele, acho que estive falando em voz alta ou então ele lê meus pensamentos. Aproveito o possível ouvinte e continuo. Serginho começou a me contar tudo o que ele sabia, mas eu não liguei, fingi que não era importante, como se eu estivesse ouvindo a história de outra pessoa, de outra família, uma novela. "Mas o que o rapaz te contou, moça?", ele pergunta aflito. Contou que o quarto era do Francisco, meu irmão mais velho, que eu não tinha conhecido.

O velho olha espantado para mim. "Ele morreu?", me pergunta com a voz fraca. Ninguém sabe, nunca souberam, respondo, ele desapareceu, sem corpo e sem rastro, saiu dizendo que ia para a faculdade e nunca voltou. "E na hora em que seu amigo contou como foi, o que você sentiu? Você se desesperou? Ficou com raiva dos seus pais nunca terem te contado?". Fico zonza com tanta pergunta inútil. Não me lembro de ter sentido nada, sei lá o que me passou pela cabeça de menina, digo me sentindo julgada, eu deveria ter ficado triste ou com raiva. Mas acho que eu já sabia, sem saber. A tristeza em casa era uma rotina. "E você não ficou curiosa para saber os detalhes?", ele me pergunta. Que detalhes?, penso. "Se ele morreu, onde está o corpo? Se ele fugiu, qual o motivo?"

Naquele momento em que o Serginho me contou, eu não quis saber de nada, não me interessava, se meus pais não queriam me contar, eu também não queria saber, não me cabia saber, nem me preocupar com o assunto, era coisa deles, eu tinha nascido depois de tudo e tinha vivido naquela família já acomodada, já refeita. "Uma família nunca se refaz da perda de um filho", ele disse, como se o filho perdido fosse dele.

Eu sei, agora eu sei, eu pensei sem dizer mais nada, o velho também se calou e voltou a segurar a minha cabeça como se não tivesse ouvido nada.

Olho para as pessoas que estão à nossa volta e penso que um daqueles homens poderia ser o meu irmão Francisco. Ele era mais velho que o Miguel, seria quase um senhor, só que não pode estar por aqui e nem andar pelas ruas, não foi para o Sul, não é engenheiro, nem advogado, nem poeta. Poderia ser pai, casado, gay ou nada disso. Pode estar vivo e bem em algum lugar? Poderia ser divertido, como o Carlos, ou poderia cuidar de mim, como o Miguel. Se ele não tivesse morrido, meu pai seria brincalhão como o Carlos. Era isso que ele procurava nos jornais? Alguma notícia sobre meu irmão? Minha mãe seria mandona e carinhosa como Miguel, meus irmãos seriam só irmãos e talvez eu nem tivesse casado tão cedo. Talvez eu fosse mãe de quatro filhos e no verão faria bolo gelado para as crianças.

O velho se cansa e suas costas parecem doer. Ele disfarça e fica comigo, mas eu digo que preciso levantar, ajeito minha roupa e saio andando, o povo fala, "fica, moça", eu respondo que estou bem, que o pior já passou, pulo para dentro de um táxi, o velho sorri e acena para mim, "se cuida", ele diz sem mexer a boca.

Nunca disse para ninguém que o Serginho tinha me contado, não cabia a mim entrar naquele quarto. Deixei tudo ficar como estava, mas passei a contar para frente o tempo que meu pai contava para trás. Eu queria crescer e sair daquela casa o mais rápido que desse. Terminei o colégio apressada e fui para a faculdade sem saber bem o que estava fazendo, tudo era uma tarefa que eu devia realizar, mais uma etapa a cumprir. Jorge foi meu prêmio. Finalmente eu podia sair de casa. Abandonei tudo, larguei meus pais, o relógio, Miguel e a sombra de Francisco. Carlos já tinha casado e ido para longe. Tinha mulher e filhos, a família dele. Eu achei que Jorge seria minha família e fui com ele. Não foi Miguel que me abandonou quando eu não coube mais no colo dele, fui eu que o deixei naquela casa zelando pela porta trancada, e lá ele ficou até hoje. Depois que a mãe foi internada, ele ficou de vender a casa e dividir o dinheiro, mas o tempo foi passando e ele nunca saiu de lá. Eu fui atrás de Jorge, mas nunca o alcancei.

Ligo para Miguel, conto que me separei e ele diz apenas, "Finalmente, Martina, ele te fazia mal". Sei que é verdade, mas não gosto de ouvir isso vindo do meu irmão, penso em responder, mas prefiro contar sobre a mãe. Ele só pergunta se eu preciso de ajuda, e eu digo que não, mas que não vou ter grana para continuar pagando o plano de saúde, era Jorge que pagava, ele diz que vai falar com o Carlos para dividirem. Pergunta qual médico que está cuidando dela e eu respondo que é o dr. Otávio, Miguel diz que ele é bom, sabe o que faz. A conversa vai acabando, e eu queria ainda falar sobre o Francisco, queria perguntar como ele era, dizer que eu já sabia há muito tempo. Não tenho coragem, não sei no que nos transformaríamos se abríssemos aquela porta. Durmo na sala, agarrada ao telefone, decidindo se ligo ou não para Carlos. Ele era muito pequeno quando Francisco desapareceu, não deve lembrar de muita coisa. Acho que ele foi o único que escolheu sepultar Francisco, mesmo sem o corpo. Eu não tive a chance de escolher.

Acordo com o sol na cara e aproveito para ir cedo para o hospital. Mais uma vez o corredor emborrachado empurra meus pés, me convidando a fugir, mas avanço e entro no quarto com o mesmo medo que sempre tive. Era o insepulto que sua voz deixava escapar e que seu silêncio escondia, era com o filho mais velho que ela conversava quando estava na cozinha, quando tinha os gestos mais leves e quase ria. Fico com raiva do Miguel.

Seu corpo está de novo inerte na cama. Mesmo sem os remédios que induziam ao coma, ela ainda não acordou. A situação geral melhorou, o quadro é estável, mas ninguém sabe dizer o que vai acontecer daqui para frente. Uma moça entra no quarto logo depois de mim, é outra fisioterapeuta, usa o mesmo uniforme do rapaz do outro dia, mas está animada, olha para mim e dá bom dia.

– Nada? – me pergunta como se me conhecesse e como se estivéssemos desde sempre torcendo juntas pela recuperação da minha mãe.

– Nada – respondo.

– Nao perca a esperança – ela continua, em tom amigável.

– Não perco – respondo sem graça.

– Chame a sua mãe que ela volta para você, mas tem que ser com o coração – diz ela. – Coração de mãe sente – completa.

Começa a erguer a camisa do uniforme, vejo sua pele nua e me assusto com a atitude, mas fico olhando. Ela puxa o tecido e me mostra no dorso esquerdo, na altura da cintura, uma tatuagem.

– Olha aqui – aponta –, são dois corações entrelaçados, o meu e o da minha mãe, sempre juntos, mesmo na distância. Ela também tem uma, igualzinha, fizemos ano passado, quando fiquei noiva.

– Incrível, que lindo – digo e fico muda esperando a emoção dela passar. Não quero ouvir mais nada, se ela continuar contando da relação dela com a mãe, vai acabar me perguntando da minha e eu vou ter que contar também, não vale a pena.

– Hoje vou focar nas extremidades – diz ela, afastando o cobertor e o lençol.

Começa pelos braços. Primeiro massageia com um óleo e depois faz vários movimentos, vai explicando que precisa movimentar os membros dos pacientes para que os músculos não atrofiem, e a massagem é para evitar as escaras.

– Ela cozinhava bem, não é? – pergunta.

– Como você sabe? – respondo assustada com a certeza da moça.

– Mãos de cozinheira, essas pequenas manchas de queimaduras próximas aos nós dos dedos, tá vendo? É da grade do forno. Tem também os calos de manusear faca e mexer panela e algumas as cicatrizes de cortes.

– Você viu isso tudo aí nas mãos da minha mãe?

– Um pouco eu vi e um pouco eu deduzi. Com o tempo aprendi a ler o corpo dos pacientes – diz ela, comovida. – Já que muitos não falam e, aparentemente, não reagem aos estímulos, busquei novas formas de comunicação.

Para a fisioterapeuta, minha mãe cozinhar é uma informação que está no corpo, uma dedução lógica a partir dos indícios fisicos das cicatrizes, além de ser uma obrigação de mãe, só isso. Ela não imagina o que isso significa na nossa família, a mãe sempre na cozinha. A mãe só na cozinha. Ela não sabe e fica falando da minha mãe como se fosse a dela, ou a mãe de qualquer um, ou a mãe da novela. Olho para ela e me pergunto se não tem nenhum ressentimento guardado em relação à sua mãe, uma pequena, boba, que seja.

– Sua mãe é bacana? – pergunto e, antes de ela responder, já me arrependo.

– Minha mãe é tudo para mim, minha luz, minha guia, minha melhor amiga – ela me responde enquanto gira de um lado para o outro o punho esquerdo da minha mãe. Não olha para mim, deve estar mentindo.

– Você nunca ficou brava com ela, magoada, irritada?

– Claro que sim. Quem não fica? Família é assim, briga um monte, mas ama, perdoa e segue.

Olho para as minhas mãos, lisas e macias como as do Miguel, sem cortes ou queimaduras, eu não sou como a minha mãe. Se eu fosse mãe, saberia cozinhar. Esqueço da moça e fico inventando diálogos possíveis. Nesses diálogos ela acorda lúcida e eu não falo com a voz do Miguel, não conto coisas ruins, nem cobro dela alguma resposta. Eu falo com uma voz calma e peço a receita do bolo gelado. A fisioterapeuta percebe que estou há um tempo sem falar e me olha com cara de quem nao sabe bem o que dizer.

— Dá uma pena, não? — diz isso enquanto dá socos leves na sola do pé direito da minha mãe. — Devemos tudo o que somos às nossas mães e de repente elas ficam numa situação dessas e não podemos fazer nada. É uma sensação de impotência, não é? — completa, feliz por ter encontrado a palavra certa.

Ela continua massageando e falando comigo de vez em quando, agora pega a ponta de cada dedo e puxa.

— Sabia que as pontas dos dedos são a parte mais sensível das mãos? — pergunta como quem fala com uma criança.

— Ah, é? — respondo no mesmo tom.

— Para nos proteger, a dor é uma proteção do corpo.

— Puxa, incrível — digo pensando em outras dores.

Ficamos em silêncio até ela cobrir a minha mãe e dizer que por hoje não a incomoda mais, abre a porta e sai confiante como uma pessoa capaz de brigar e perdoar. Olho para a minha mãe e suas mãos de cozinheira, as pontas dos dedos são sensíveis, devo ter mesmo sentido uma dor intensa quando furei o dedo com o abridor de latas. Talvez Miguel não estivesse exagerando, talvez eu tivesse mesmo com muita dor. Cuidar de mim era o luto dele. Deito ao lado da minha mãe e me cubro com o lençol que tem cheiro de amaciante. Adormeço e sonho com o enterro de Francisco. Lá estão Jorge, Miguel, Carlos, a fisioterapeuta, o dr. Otávio, Serginho com sua mãe e sua madrasta. Meus pais não estão. O caixão está vazio, sem corpo, no fecho tem um cadeado e todos se perguntam pela chave, ninguém se preocupa com a ausência do corpo. Jorge diz que sou eu que estou com a chave e me manda procurar direito. Todos olham em minha direção, mas não me enxergam. Abro os olhos e o sonho se apaga, a última imagem era de um cachorro, que também estava no cemitério. Não sei se era a Preta, o filhote morto ou outro cachorro qualquer. Todos se vão, deixando o caixão por ali, sem enterrar. Ficamos eu e o cachorro.

Levanto da cama e vou até o banheiro. Não é o meu banheiro, é o do hospital. Olho no espelho e meus contornos estão lá, sou eu que estou ali parada em frente ao espelho, como sempre. Uma voz me diz que eu não poderia ter perdido a chave. Experimento sorrir e a imagem sorri junto, funciona e logo estamos dando boas risadas, satisfeitas pela comunhão. Calço minha sandália, pego minha bolsa e vou embora sem me despedir do corpo da minha mãe.

No dia em que a Preta morreu ninguém chorou, só eu. Ela estava velha, surda e cega, as falhas no pelo deixavam aparecer uma pele molenga e esbranquiçada. Passava o dia dormindo ao sol ou perto do fogão. Carlos ainda morava em casa, mas ficava o dia todo fora. Miguel também ficava fora e quando estava em casa ia direto para o quarto e fechava a porta. Meu pai não contava, até a Preta sabia disso. Eu também já não ficava mais no quintal nem na sala, ficava na televisão ou no meu quarto. Sobrava a minha mãe na cozinha, ficavam as duas lá.

Tinha acabado o gás, e minha mãe abriu o portão para o moço entrar com o botijão, quando ele saiu, ela se distraiu e deixou o portão aberto. A Preta, apesar de cega, era curiosa ainda e foi cheirando, querendo a rua. Minha mãe disse que nem deu falta dela, o portão ficou aberto e podia até ter entrado alguém, ela disse, "Deus me livre". A Preta foi atropelada e ninguém notou, acho que nem o motorista que passou por cima dela percebeu. Ficou lá, sangrando sozinha. Naquela tarde, o sorveteiro não passou, nenhum vizinho saiu, as crianças não foram brincar, nem as babás empurraram carrinhos de bebê, nada. Talvez outros cachorros tenham velado o seu corpo. Quando Miguel voltou, já de noite, viu ela lá no meio de uma poça de sangue, a língua de fora, olhos abertos e um monte de moscas em volta. Ele entrou com a Preta no colo, não estava triste, estava com raiva. Eu comecei a chorar e fiquei com a mesma raiva dele. Não lembro se alguém disse alguma coisa. Miguel foi até a lavadeira, pegou um lençol no varal, envolveu a Preta e deixou ela lá até o Carlos chegar. Carlos também não chorou.

Fomos os três para o quintal e Carlos cavou um buraco perto do muro, junto do filhote. Já nem tinha corpo de filhote, nenhum ossinho, nada. Colocamos ela e tapamos o buraco. Depois ficamos lá os três sentados na grama em volta do monte de terra. Era o nosso cemitério de cachorros. Já estava tarde e frio, Miguel me puxou e eu encostei nele. Senti o cheiro que eu conhecia. Ele passou a mão na minha cabeça, a mão dele continuava macia e quente, mas pesava, logo eu me afastei.

Eles começaram a falar do dia do nascimento dos filhotes da Preta.

– O pai e a mãe nunca desconfiaram – disse Miguel, orgulhoso.

Já estava tarde e o número de carros tinha diminuído na avenida, de onde estávamos não se ouvia mais nada, tudo quieto, a casa quase toda escura, só a cozinha iluminada e pela janela da sala dava para ver um pouco da luz amarelada do abajur do pai. A mãe chamou para jantar, mas ninguém se mexeu. Não estávamos com fome e nenhum de nós queria entrar em casa. Miguel deu a ideia de darmos uma volta.

– Uma comemoração ao contrário – eu disse.

Fomos mesmo sabendo que era ofensa grave. Eu tive um pouco de medo e dó da minha mãe, mas era Miguel quem decidia. A mãe tinha feito carne assada, e ninguém ia querer comer aquilo depois de ver a Preta machucada, ele disse e nós concordamos. Demos uma volta pela praça e fomos para a pizzaria, de vez em quando ficavam uns silêncios na conversa e eu abaixava os olhos com vergonha de não ser mais tão pequena.

Quando voltamos, a casa estava toda escura, nem a luz do corredor nos esperava, fomos ao quintal pela última vez e subimos, cada um para o seu quarto. No dia seguinte, a mãe não disse nada, não falou do jantar desperdiçado, nem da Preta atropelada.

Se ela acordasse do coma eu perguntaria se eles nunca souberam mesmo do cachorrinho morto. É melhor ela não acordar.

Caminho devagar para demorar mais, um casal de mãos dadas me ultrapassa na calçada, vejo-os de costas se afastando. Ela tem pernas curtas e lentas em comparação com as dele, não acertam o passo. Ela meio que corre, aos pulinhos, penso que vai se cansar logo. Entro no ritmo deles, dele. Também vou aos pulinhos e minhas pernas começam a arder. Eu posso diminuir o ritmo e ficar para trás, ela não. Continuo, solidária. Eles param, e ela se senta num banco, só então vejo a barriga de grávida. Ele se afasta, atravessa a rua até um bar do outro lado. Vai muito mais rápido que antes, as pernas compridas dão conta do asfalto em dois passos. Percebo que o ritmo que eu tentava acompanhar não era o dele, era o deles, dos três, pai, mãe e bebê pesando na barriga. Ele, o pai, volta com uma garrafa d'água, ela, agora mãe, sorri. Me afasto num ritmo só meu, leve, sem filho na barriga, sem marido, quase sem mãe e quase sem corpo. Quero ser o banco da praça, a garrafa d'água, o corpo desaparecido, quero voar da escada no colo do meu outro irmão.

Entro na sala do Teco, meu chefe. Piso em falso e tenho a sensação de que meu corpo vai sumir de novo, não vejo nada, estou cega e não há ruído nenhum. Se eu tiver uma crise agora, acabou meu emprego. Seguro no batente da porta e Teco faz um gesto em minha direção, mas eu só vejo o contorno da sua silhueta. Ele se vira como se eu não estivesse aqui, caminha até a parede e acende a luz. Agora eu vejo tudo e ele sorri para mim, está ao telefone, mas não fala nada, só escuta. Aproveito para observá-lo como eu nunca tinha feito, eu nunca olhava para ele direito, sempre tive vergonha e medo, por ele ser amigo do Jorge. Tinha medo que ele descobrisse que eu era toda meio errada.

Ele está em pé, atrás da escrivaninha, sorri mais uma vez meio sem graça e aponta para o telefone, como se quisesse desligar. Aponta para o sofá, indicando que é para eu me sentar. Penso no sofá da minha casa e tenho vontade de correr para lá, mas não corro e obedeço. Ele finaliza a conversa com um "ok, a gente se fala" e desliga. Ele contorna a mesa e se aproxima de mim, eu levanto e ele me abraça mais forte do que eu esperava. Sinto o corpo dele, livre e real como o meu. Ele me solta, e eu caio sentada no sofá. Até agora ele não falou nada comigo, não tem voz, nem eu. Vai até o interruptor e acende mais luzes, enquanto ele está de costas ganho um segundo, eu me esqueci o que vim fazer aqui. Ele senta na ponta da escrivaninha e estica as pernas compridas, usa uma calça de sarja clara e uma camisa listrada azul e cinza, a camisa está arregaçada até a altura dos cotovelos, o sapato é de camurça marrom, de amarrar. Entre nós dois há uma mesa de centro, retangular e cheia de revistas empilhadas. Não só as nossas revistas, mas várias, revistas de turismo do mundo todo. Há uma xícara de café usada e outra de chá, dois copos d'água, um cheio, o outro pela metade. Eu fico sentada e tenho que olhar para cima para falar com ele, mas não falo, não sei o que dizer.

— Não achei que você viesse hoje, Martina.

Achei melhor não deixar passar mais um dia – respondo, satisfeita por encontrar palavras razoáveis.

— Fez bem. Como você está?

— Estou ok. Indo.

— Sua mãe?

— Na mesma, em coma.

Teco já sabia da minha mãe, eu contei para ele logo no primeiro dia, mas Jorge não sabia de nada. Se eles se falaram nos últimos dias, como Jorge me disse, Teco não comentou com ele sobre minha mãe.

— Ela caiu, foi isso? Bateu a cabeça?

— Parece que sim, escorregou no banheiro.

— Você não achou estranho?

Não consigo responder a essa pergunta. Estranho cair no banheiro ou estranho estar em coma? Ou estranho ela cair justo no primeiro dia após a minha separação? Ou estranho Teco não ter comentado com Jorge? Levanto os ombros e sorrio para não romper nossa cumplicidade.

— Bom, vamos falar de nós, então.

— Nós?

O sofá se torna mais macio e parece que vai me engolir com seu veludo riscado. Passo a mão alisando, sinto a minha mão e sinto o tecido, duas coisas distintas prestes a se fundir.

— Você ainda trabalha para mim, menina? Estou há quase uma semana sem notícias suas.

— Me desculpe, Teco.

O sofá envolve meu corpo, abraça as minhas coxas, chega na altura da cintura. Sinto calor e sinto a textura macia do veludo. Meu tronco também já está envolto, só fica a cabeça e os braços de fora.

– Não precisa se desculpar, já passei por isso. Por tudo. Separação, mãe doente, tudo junto. Mas você tem que focar no trabalho, manter a produtividade. Trabalhar é a melhor coisa a se fazer nessas horas, tocar para frente.

Eu travo uma luta contra o sofá, me debato, resisto, mas estou prestes a ser engolida. Empurro minhas mãos contra o assento e me levanto num gesto brusco. Fico em pé. Teco nota, mas finge que não vê nada e continua falando o que tenho que fazer para superar os meus problemas.

Dou uma leve risada, acho que é isso o que ele espera de mim. Mas sai uma risada constrangida e não muito simpática. Quero me sentar de novo, alisar o veludo macio, mas tenho medo de sucumbir. Apoio as duas mãos no espaldar de uma cadeira de madeira, o frio da superfície cede e se aquece sob as minhas mãos. A madeira é lisa, mas não é macia como o veludo. Teco fala sobre como foi a sua separação e que o trabalho o ajudou, depois conta da última reunião de pauta e vai falando. Eu olho para a cara dele, mas só penso no veludo liso. Quando dou por mim a sala está em silêncio, não sei bem o que ele disse, mas noto que devo responder algo.

– Ok.

– Então você está disposta a pegar firme? Posso contar com você na minha equipe?

– Pode, claro. O que tem para eu fazer?

– Como eu estava te falando, na última reunião de pauta decidimos fazer uma matéria sobre turismo religioso em Salvador. Pensei em você, seria a pessoa mais indicada, mas tem a sua mãe...

– Quantos dias? – pergunto apressada.

– Ah, no máximo quatro, pegando um final de semana.

– Acho que dá – respondo. – Pra minha mãe não faz diferença, mesmo se ela acordar, acho que tanto faz quem esteja ao lado dela.

– Tem certeza? – a pergunta parece sincera. – Posso mandar outra pessoa e você faz um complemento falando sobre as religiões afro-brasileiras aqui mesmo. – Teco faz uma pausa e me olha. – Não quero te forçar a nada neste momento, Martina.

Ele desencosta da mesa e se aproxima de mim, estou de pé, atrás da cadeira e ele segura na minha mão e me puxa. Contorno a cadeira guiada pela força de seu braço, a mão dele é quente, macia como o veludo, rija como a madeira. Me seguro para ele não me engolir. Ele se aproxima e me dá um beijo na testa. Eu me afasto, sentido a umidade dos seus lábios. Ele se vira para contornar a escrivaninha e sentar na sua cadeira de chefe. Eu aproveito e limpo o beijo com o dorso da mão direita, meu coração aos poucos volta ao normal, mas meu corpo está mole.

– Posso mandar comprar sua passagem para quinta cedo? – diz ele, agora com voz firme e direta.

– Pode, Teco. Obrigada e me desculpe mais uma vez pela minha ausência.

– Mais uma coisa, Martina. O Jorge é meu amigo, mas é você que trabalha aqui. Nem falei com ele esses dias para não confundir as coisas. Eu sei como ele é possessivo. Ele é meu amigo, conheço bem a figura.

Respondo com um sorriso e saio rápido da sala. Se eles não se falaram, Jorge mentiu para mim quando disse que o Teco tinha ligado para ele preocupado com o meu sumiço.

Um dos dois está mentindo, penso já sabendo a resposta. Possessivo é uma boa palavra, não explica tudo, não explica como eu me deixei levar, nem como ainda sinto que posso sucumbir e voltar correndo, mas é uma palavra nova.

Arrasto minha mala até a porta, confiro o horário, ainda está cedo. Olho em volta, preciso checar tudo. Abaixo a trava das janelas da sala e dos quartos, desço as persianas, fecho o vitrô do banheiro. A ausência de Jorge terá que conviver com a minha ausência. Fecho o gás e o registro de água, era Miguel quem fazia isso lá em casa. Confiro a geladeira que está quase vazia, a despensa continua cheia. Na casa da minha mãe a geladeira e a despensa estavam sempre cheias. Miguel ficava bravo quando não conseguia achar as coisas, para ele aquela lotação era bagunça. Podia ser fartura, penso agora, mas para ele era bagunça e desperdício. Jogo um resto de leite fora. Para minha mãe, era a segurança de poder preparar qualquer prato a qualquer hora, ter todos os ingredientes à mão, acho que ela não podia suportar a falta, nenhuma outra ausência. Tem coisas já abertas, um iogurte e a geleia de laranja, a manteiga e a margarina que eu nem abri. Jogo tudo no lixo. Fico com dó, pego de novo e devolvo para a geladeira. Acho que Miguel não ficava de verdade tão bravo como parecia. Vou me atrasar. Era a um jeito de ele poder falar com a minha mãe. Olho a validade, a manteiga dura ainda um mês e a margarina até maio do ano que vem. Se eu perder esse avião, nunca mais vou conseguir olhar na cara do Teco. Deixo para decidir na volta, a geleia não, já está aberta, jogo de novo no lixo, sem dó. Consulto o horário. Tá em cima. Pego minha bolsa no cabideiro, empurro minha mala com o pé para o hall do elevador, fecho a porta e tranco, jogo a chave na bolsa. Como um ritual, me abaixo e ajeito a pilha de jornais que se acumulam no tapete, as notícias não me pertencem.

Me ergo, fico um pouco tonta e desisto de ir. Volto. Entro em casa rompendo a ausência, tranco a porta e me deixo cair no sofá. Não quero ir para Salvador, nem para lugar nenhum. Posso ficar, chamar Jorge de volta, aposto que ele vem correndo. Ele nem cancelou a assinatura do jornal. Pulo para fora do sofá, do apartamento, do elevador. Estou dentro do avião, indo para Salvador, nunca estive lá, não entendo nada de religião, só fui à missa umas duas vezes, morro de medo de umbanda. Olho pela janela e a cidade vai ficando pequena e sem foco, daqui de cima é difícil prestar atenção nos detalhes, meu corpo se dilui na atmosfera das nuvens.

Cada religião é uma verdade, e aqui em Salvador é tudo misturado, posso começar a matéria falando disso. Tem o filme do sujeito que carrega a cruz, não sei o nome, ele quer pagar promessa, mas é para a santa errada, e o padre não deixa ele entrar na igreja, é no Pelourinho, acho. Olho pela janela do quarto do hotel tentando adivinhar a temperatura lá fora, vejo o mar verde, com a espuma branca próxima da areia. A praia está quase vazia, dois rapazes desmontam guarda-sóis listrados de branco e amarelo e cadeiras também amarelas. Vão retirando e empilham em dois carrinhos de metal enferrujado, um para os guarda-sóis e outro para as cadeiras. De vez em quando param e brincam de luta, dando socos um no outro.

O sol brilha alto ainda, mas parece que vai chover, os raios filtrados pelas nuvens carregadas criam veios de luz no céu. "Dá para sentir a presença de Deus nessa luz", Carlos dizia toda vez que via o céu desse jeito. Eu acreditava, ele não. Dizia só para mexer com o pai, mas o pai não se irritava com ele, dava risada e dizia: "Bobagem, Carlos, vai enganar a menina". Não sei se visto shorts ou saia. Posso começar o roteiro lá nessa igreja. O pai do Serginho brincava de luta com ele e com o irmão antes do Jopa ir para o exército, depois acho que ficou com medo, Jopa estava enorme. Preciso me lembrar de alguma coisa do filme para procurar na internet, acho que a questão não era a santa, o cara tinha feito a promessa num terreiro de candomblé, aí o padre não aceitava e não deixava o homem entrar na igreja. É um filme antigo, branco e preto, acho. Será que vai chover mesmo? Tênis ou sandália? Olho de novo pela janela e os dois rapazes ainda estão lá, terminando o serviço e brincando de luta. O meu pai não brincava de luta com os meninos. Qual era o nome da santa? Vou de táxi.

Subo as escadas largas do prédio azul da fundação cultural fugindo dos primeiros pingos da chuva, tem uma exposição, mas só me interessa a vista. O casarão em estilo colonial tem janelas grandes que se abrem para o Pelourinho, sento em uma conversadeira para rascunhar a matéria, não sei bem o que estou fazendo aqui, preciso me situar. Olho o mapa para entender a geografia da cidade e penso para qual lado Miguel iria primeiro. Devia ter deixado meu colega vir no meu lugar. Preciso fazer um roteiro bem equilibrado entre a fé católica e a religião afro, falar do sincretismo sem clichês.

Não tem ninguém na exposição, só um vigia encostado no batente de uma porta alta e larga. Eu fiquei com medo de falar não para o Teco e parecer fraca. O vigia parece não ter notado minha presença. Preciso pesquisar o vocabulário das religiões para não escrever besteira.

Olho para baixo e vejo as pedras escuras do calçamento, a chuva cai forte e os poucos turistas que circulavam por ali se esconderam nas lojas de souvenir, fica tudo deserto, vejo só um único tabuleiro coberto por lona azul. A baiana espera paciente na soleira de uma porta, e ao lado dela um cachorro olha atento, orelha em pé. A moça está parada, não faz nada, só espera a chuva passar, seu olhar é frio, a expressão vazia. O vestido rendado branco paira no ar sem ação, seu corpo imóvel não diz nada, ela é só uma baiana do acarajé que parou no tempo e me abandonou aqui.

Agora ela mexe a boca e sorri, fala com o cachorro que olha para ela entendendo tudo, como a Preta entendia o Miguel. A baiana me deixou, não me enxerga, sem Jorge eu perco mais uma vez Miguel, Carlos e Serginho, até Francisco some de novo. Meu corpo começa a ficar fraco e eu evoco a voz de Jorge. "Você é uma menina toda errada, Martina", ele dizia, sussurrando carinhosamente enquanto passava a mão sobre meu corpo como se tentasse me consertar.

Encosto no vão entre a parede e o batente da janela, dobro meus joelhos e apoio neles a minha testa, abraço as minhas pernas, agarro meu corpo tentando impedir que ele se desfaça. Jorge ocupava todo o espaço em volta de si, penetrou no meu corpo e se alastrou lá por dentro, ocupando tudo, agora o espaço está vago. Fico um tempo encolhida, retendo minhas partes. Sinto um cutucão de leve. "Não pode dormir aqui, moça", é o vigia. Olho para ele e para a janela, as nuvens negras se dissiparam depois da chuva, o chão de pedras pretas começa a secar. Levanto para sair, mas meu corpo flutua, o vigia percebe minha dificuldade e me ampara: "Aposto que a moça tá sem comer, desce lá e pede um acarajé para a Baiana". Agradeço e desço apressada, já é tarde, tenho que correr para o terreiro de candomblé, a cerimônia começa daqui a pouco. Pego um táxi, dou o endereço aflita, mas o motorista me tranquiliza, diz que não fica longe e que nunca começa na hora marcada. Não sei se devo ter algum receio, vou sem saber o que vou encontrar lá. Me pergunto por que estou aqui e não ao lado da minha mãe ou quieta no meu sofá, eu devia ter olhado nos olhos do Teco e dito que não podia vir. O motorista olha pelo retrovisor e logo puxa assunto perguntado de onde sou, se sou casada, se tenho filhos. Pergunto se já se separou e ele ri alto, diz com orgulho que já está no terceiro casamento, apaixonado. Se dá muito bem com todas as ex-mulheres e que os filhos ficam todos com ele, larga as mulheres, mas os filhos nunca. Olha para mim mais uma vez e pergunta se eu já me separei, digo que sim, poucos dias atrás.

– No começo é duro mesmo, moça, sofri todas as vezes, mas passa, viu? Logo a senhora tá alegrinha de novo e arruma outro esposo.

– Agora preciso pensar em mim, não em outro homem.

– Chegamos, moça, o carro não avança mais. A senhora vai seguindo pela picada, lá para baixo, logo vai ver as luzes do barracão, é só seguir, não tem mistério.

Já estou me afastando do carro e ele me chama, segura com delicadeza no meu braço e diz que o candomblé pode me ajudar, que fiz bem em vir, diz para eu não deixar de ir falar com o pai de santo no final, que ele vai conversar comigo, e o orixá vai me orientar e me ajudar a passar por esse momento.

Desço com dificuldade pela picada no meio de um mato ralo, minhas pernas me retêm. Meu assunto aqui é profissional, penso para me convencer, não vou me envolver com ritos alheios, só vou observar e anotar para colocar na matéria o que pode chamar a atenção dos turistas. Já de fora a música soa alta, vou entrando, mas paro na porta, um rapaz toca um atabaque, suas mãos batem de forma rápida, vários tipos de toques, no centro do couro e nas bordas, com a mão espalmada e com os dedos. Ao lado dele outros músicos, com outros tambores, parece que já começou. Entro sem graça, mas ninguém me nota.

A percussão reverbera até nos dentes e vai embalando o corpo todo, fixo minha atenção nos detalhes para não me deixar levar, me distraio tentando entender os tempos e contratempos da música, as batidas são hipnotizantes, mantenho distância fazendo anotações na minha caderneta. Se meu pai me visse aqui não ia gostar nem um pouco. Um grupo de turistas chega, também atrasado, acompanhado por um guia que tenta disfarçar o grupo para não chamar a atenção, não causar incômodo, mas é impossível. Meu pai não gostou quando soube que eu estava indo à missa. Os turistas brilham, suas roupas farfalham ruídos sintéticos, e o cheiro de banho de hotel se confunde com o cheiro da fumaça e incenso. Eles estão curiosos, mas também um pouco assustados, dá para perceber quando sentam-se muito perto uns dos outros, nos bancos do fundo, como eu.

O chão é de lajota vermelha e está coberto por folhas. Eu ia à igreja com a mãe do Serginho, Miguel dizia que não fazia mal nenhum eu ir para conhecer, ninguém de casa era religioso, mas o pai odiava mesmo a Igreja. Os bancos onde sentamos estão dispostos formando uma plateia. Não sei se ele odiava todas as religiões ou só a católica. Na frente, uma área livre, imagino que a cerimônia acontecerá toda ali, é como na igreja, só que o altar não fica elevado. Encostados na parede vasos de cerâmica grandes com folhagens, flores e palhas, no chão, formando um semicírculo em torno da área livre, cumbucas e gamelas com coisas dentro, grãos, plantas, mais folhas e angu, acho. Os músicos estão do lado direito, próximo a uma porta de alumínio que dá para um quintal, para onde eu queria escapar. Talvez meu pai não ligasse se me visse aqui, acho que não tinha nada contra outras religiões, provavelmente mal conhecia.

Um rapaz ao meu lado tira fotos, parece profissional. Uma pessoa do terreiro vem avisar que ele pode fotografar, que o pai de santo não se incomoda, mas que talvez alguma entidade não goste, se o orixá incorporado não gostar de foto pode achar ruim e agir com violência, ele diz, com ar solene. O rapaz ouve educado, mas parece não acreditar muito e segue tirando fotos, eu também não acredito muito. Eu sempre soube que meu pai não gostava da Igreja, mas nunca tinha pensado que podia ser pelo fato da mãe dele ter preferido ficar na igreja e não ter voltado para a cidade. Mas aquele padre salvou muita gente, meu pai devia gostar.

As pessoas do terreiro formam uma roda, no centro deve ser o pai de santo, parece ser o mais importante aqui, todos vestem roupas brancas ou muito coloridas, algumas mulheres ficam perto do pai de santo, ajudando na cerimônia, como contrarregras. A música aumenta de intensidade, e eu não entendo o que se passa, dizem que a pessoa que recebe o orixá muda completamente, prefiro achar que é fingimento, como um teatro. Miguel não provocava o pai nesse assunto de religião, antes eu achava que ele só ignorava meu pai, mas agora acho que podia ser por respeito mesmo. Não quero me envolver, não quero sentir o que se passa aqui, quero anotar e sair. Observo a plateia, alguns estão alheios, com cara de enfado, outros estão entregues, mergulhados na atmosfera mística. Penso na minha matéria, como preparar o turista para participar de uma cerimônia dessas sem ficar com medo e sem ser desrespeitoso. Faço um gesto para o guia de turismo dizendo que quero falar com ele, ele responde só com os lábios e um leve movimento dos dedos em círculo, solícito, mas sério. "Depois". Ele parece que sabe bem como lidar com os turistas aqui, vai poder me ajudar.

O rapaz continua fotografando, bem discreto. Colocou a bolsa com os equipamentos embaixo do banco e ficou só com uma das câmeras na mão, sem flash. Quase não se mexe ao clicar, parece até que está esquecendo de fotografar. O pai de santo começa a gesticular de um modo diferente, a música vai mudando de ritmo, cada vez mais intensa, parece que é um momento especial, ele deve estar incorporando, é tudo um pouco confuso. Todos que estão em volta começam também a mudar a postura, uns ficam com as mãos para trás, outros com as mãos repousadas do lado direito do quadril, cada um fala uma coisa, uns sussurram, outros gritam, ou gemem, alguns imitam bichos. O pai de santo está no centro e começa a girar, a música acompanha, acho que todos estão incorporados, menos as contrarregras que não saem de perto dele. A tensão aumenta, os turistas que estavam começando a ficar com cara de tédio, agora estão ligados na cena. Parece um pouco brincadeira, alguém imitando uma incorporação, mas dá para ver que todos levam a sério e que tudo é verdade, para quem está envolvido. De repente todos saem por uma porta, vão para uma sala ao lado e ficam um tempo, quando voltam, todos menos o pai de santo, estão normais de novo, rindo e conversando. Dizem que é um intervalo, mas ninguém tem coragem de sair do lugar.

Assisto a tudo alheia, como se eu não estivesse aqui, meio que não estou mesmo, ninguém percebeu minha presença. Sei que é uma verdade para eles, uma verdade que grita e gira no salão e comove a todos, até os gringos estão absortos no clima, fascinados e eu só sei que não há lugar para mim aqui, e eu não tenho dentro de mim nada que me ponha em comunhão com essa gente.

O pai de santo volta com uma roupa azul e branca, está envolto em uma folha de palmeira e tem um facão na mão, escuto o guia dizer que é Ogum. Ele para no meio do terreiro, fica muito sério e olha na minha direção, não sei bem o que fazer, todos olham e ele começa a se aproximar com o olhar fixo.Vem gesticulando, sem falar nada, muito bravo.Todos acompanham o que ele vai fazer, deixei de ser invisível, mas continuo, pelo jeito, muito errada. Ele chega perto, dou um passo para trás, arrepiada, pernas bambas, mas ele passa por mim e se dirige ao fotógrafo, gesticula, ergue o facão e aponta para a câmera, o rapaz fica imóvel, petrificado, boca aberta, olhos esbugalhados. Alguém do centro se aproxima e o ajuda a guardar a câmera, o pai de santo e seu orixá incorporado retornam para o círculo, mais calmos, a tensão do ambiente diminui, os turistas cochicham entre si, alguns riem nervosos. O fotógrafo senta no banco e chora, treme como se fosse desmanchar. Depois desse agito entre os espectadores, todos se viram para o centro, onde há de novo coisas acontecendo, esquecem do incidente, só eu continuo olhando para o fotógrafo, pouco interessada no desenrolar da cerimônia. Ele percebe, segura na minha mão e me puxa para fora, eu vou como se ele tivesse dito "Vem, Martina". O ar fresco o acalma, sentamos numa mureta, ele respira fundo e para de chorar,

– Como ele ia saber o que é uma câmera?

– Pois é, não sei – respondo –, quando te avisaram eu não acreditei.

– Eu respeitei, fiquei na minha, só segurando o equipamento, nem estava mais fotografando, totalmente ligado no que estava acontecendo. É incrível, não é?

– O que é incrível?

– Tudo! A magia, a vibração, a energia, você não sentiu?

– Não. Estou a trabalho, preciso fazer anotações.

– Eu também estou a trabalho, mas não consegui evitar, mergulhei de cabeça naquele clima mágico.

Levanto para ir embora um pouco irritada com o modo de ele falar. Pelo jeito só eu não entrei no clima, devo estar errada mais uma vez. O rapaz me pega pela mão de novo, uma mão suada e mole que mal consegue me segurar.

– Calma, onde você vai, ainda tem mais, parece que tem um jantar no final da noite.

– Preciso ir – digo determinada.

– Fica, daqui a pouco o orixá vai atender, é só sentar com ele que ele fala da vida da gente, tipo conselho, guia espiritual.

– Tô sabendo, não quero, já vi o que precisava.

– Obrigado pela força de qualquer modo, qual o seu nome?

– Martina.

– Fica, Martina.

Não fico, só penso em voltar para o hotel e tomar um banho. Quando entro no táxi noto em minha mão um cartão de visita, está escrito Nelson Lima e consta um número de celular. No canto esquerdo, o desenho de uma máquina fotográfica. Amasso e jogo irritada dentro da bolsa, moço fraco da mão mole, e ainda queria que eu ficasse lá com ele. Penso como Jorge teria reagido naquela situação com o orixá, capaz até de Ogum se curvar diante dele. Penso como ele falaria comigo, se não me conhecesse e eu o tivesse ajudado, ele não ia precisar de ajuda, nunca. Francisco devia ser corajoso e valente, como meu avô que lutou contra os fascistas na Itália, herói guerrilheiro, como dizia Serginho. A noite está fresca, abro o vidro para sentir o vento na cara, o motorista não me olha nem conversa comigo.

Lembro que não falei com o guia, seria importante ver o que ele tem dizer sobre levar turistas para uma cerimônia de candomblé, talvez o guia me ajudasse a entender o que se passa lá. Perdi meu tempo no Pelourinho, não vi o Terreiro de Jesus nem a Igreja de São Francisco, vou ter que voltar lá. Ainda falta a Igreja do Bonfim, a igreja do filme e um monte de lugares, não vai dar tempo. Penso que a matéria vai ficar fraca, sem a cara da revista, Teco vai ficar decepcionado, me achar uma menina incapaz. Eu não vou conseguir, não quero me mexer pela cidade, devia ter ficado em casa, parada. Eu devia ter escutado Miguel quando ele dizia que Jorge fazia mal para mim. Quando eu era menina, eu o obedecia sem nem perceber, ele falava e aquilo ia virando verdade na mesma hora. Mesmo se não concordasse muito, eu acabava mudando de opinião. Quando comecei a namorar Jorge, Miguel falou que ele não era bom para mim e ficou insistindo nisso um tempo, repetia que Jorge era muito velho, já com carreira e eu ainda tinha que terminar de crescer, virar gente, ele dizia. Dessa vez eu não escutei, tanto fazia Miguel estar certo ou errado, Jorge tinha muito mais certezas do que Miguel e elas ocupavam melhor o espaço vago. Quando Miguel se deu conta, eu já era Jorge. E agora o Teco, a primeira mão que vejo estendida já me conduz e eu venho parar aqui em Salvador, num maldito terreiro de candomblé.

Tomo café da manhã com calma, tenho um pouco de preguiça de começar o dia, ainda não descobri qual a igreja do filme, esqueci de procurar. Peço para o rapaz da recepção chamar um táxi.

– Para onde moça?

– Bonfim.

Ele liga para o ponto e me diz que o táxi já chega, agradeço e já vou indo para a porta, mas ele me chama de volta. Encosto no balcão de granito preto e sinto o gelado no meu braço.

– A senhora me desculpe a intromissão, mas tome cuidado lá – diz em tom alarmado. – Cuidado com os moleques, eles vêm oferecendo a fitinha, sabe?

– A fitinha do Bonfim?

– Isso, essa mesmo. Eles vêm dizendo que é de graça, que é abençoada, mas é mentira. A senhora pega desavisada e depois eles ficam infernizando, querendo vender mais, pedindo dinheiro, nem deixam a senhora ver a igreja e fazer suas orações.

O funcionário da porta ouve atento a conversa, não fala nada, mas balança a cabeça de modo afirmativo. Ele abre a porta e o ar quente me envolve, entro no táxi e o rapaz mesmo se encarrega de dizer para onde vou. Antes que o motorista comece a falar, já adianto que sei das fitinhas, que os funcionários do hotel me alertaram. Ele diz que o pessoal do hotel tem razão, eu não devo de jeito nenhum aceitar a fitinha.

– E olhe, cuidado com as ciganas também, elas são danadas, pegam na sua mão e querem lhe ditar o destino.

Pago e desço do carro olhando em volta, não há ninguém. Nenhuma cigana, nenhum menino me oferecendo fitinha abençoada, nenhum tabuleiro nem carrinho de coco verde gelado. Pombas ciscam um resto de pipoca, sem o pipoqueiro, uma delas passa voando rente pela minha cabeça, como se eu também não estivesse lá.

Entro na igreja como entrei no terreiro, vazia. Olho em volta e nada, não há nada ali e o silêncio é absoluto, as estátuas de santo me olham guardando silêncio, como baiana do Pelourinho que me negou seu movimento. Lembro de tudo o que dona Margarida me ensinou sobre a missa e de como eu gostava de ir com ela, mas aqui não há emoção, mesmo sendo uma igreja tão importante. Não me vem nenhuma ideia do que escrever na matéria. Esbarro num banco e sinto a madeira, tenho vontade de pôr a mão em tudo, sentir a textura das faces plácidas dos santos, apalpar o tecido das suas roupas e correr os dedos pelos vitrais. Se eu fizesse isso, talvez descobrisse o que devo escrever para os turistas para convencê-los de que vir aqui vale a pena. Imagino um monte de turistas apalpando os santos. Tiro a sandália para sentir o piso de pedra, o frio sobe pelos meus pés só até o meio das canelas, meu pé aquece o pedaço de chão onde piso e estanca o frio, depois afasto um pouco e sinto de novo o piso gelado. Meu corpo se atiça como no dia em que caí fingida na rua só para sentir a textura da calçada. Recoloco rápido a sandália e olho para os lados buscando uma distração para meu corpo curioso.

Entro na sala de ex-votos, pedaços de corpos pendurados em ganchos, fios, cordas e pregos, tudo de mentira. No chão, baús lotados de pés, pernas e braços. Vejo um coração, um pulmão, o desenho de um olho, um par de óculos e muletas. Jesus na cruz, uma raquete de tênis e dezenas de fotos. Tem uma seção só de cabeças penduradas, outra com bonecos imitando bebês. Desenhos, pinturas e fotos de casais. Olho pela janela e vejo o mar, quero ser esse mar, um barco ancorado ou uma nuvem largada no céu. Corro para fora.

Tudo está parado, nem as pombas ciscam desinteressadas das migalhas. Sento num dos degraus da escadaria, eu deveria chorar e ter pena de mim mesma, ou deveria dar risada e sentir que sou livre, mas não faço nada. O sol arrebenta minha vista, dono de si e do mundo, não vejo nada além do brilho triunfante. Fecho os olhos, mas isso não basta, tampo meu rosto com as mãos. Finalmente escurece um pouco e posso descansar assim por uns instantes. Sinto cheiro de dendê, escuto a voz da baiana e o farfalhar da sua saia atrás do tabuleiro. Escuto um cachorro latir e em resposta um galo canta, ouço ao longe vozes de crianças e de vendedores, um grupo de turistas vem chegando, um ônibus estaciona no Largo. Abro os olhos e vejo enfim as fitinhas esvoaçando, milhares de fitas coloridas amarradas na grade. Os moleques oferecem para os turistas, alguns aceitam, pegam a fita e levam para amarrar na grade, mais uma. Os moleques vão junto.

– Posso ler tua mão? Teu destino tá aqui, ó – diz uma cigana apontando para os próprios olhos enquanto aperta a minha mão.

– Não, obrigada.

– Seja dona do seu destino, moça, eu vejo e lhe conto tudinho. A senhora então faz dele o que quiser.

– Obrigada.

Me levanto, já puxando a minha mão. Ela segura firme, e eu cedo.

– Quanto é?

– Depende, deixa eu ver.

Fico esperando o orçamento da leitura da minha mão. Ela olha, apalpa, puxa minha mão mais para junto de si.

– A senhora é muito sozinha, não é?

– Por que a pergunta?

– É nada não, deixe. Deixe para outro dia.

– Não vai ler a minha mão?

– Vou não. Já li, tem nada, paga nada não.

Ela já está afastada, mas minha mão continua estendida, melada e quente pelo contato prolongado com sua mão sebenta e enrugada.

Volto para o hotel, tomo um banho me esfregando bem, enxáguo e me ensaboo de novo, os cheiros de banho suavizam o grito preso na minha garganta. Se eu soubesse não teria vindo, não tem nada aqui nesta cidade, só gente sebenta atrás de turistas. Eu dava uma desculpa para o Teco, dizia que precisava ficar com a minha mãe e não vinha, nem seria desculpa, seria a verdade, eu não podia ter deixado ela. Despenco na cama, grito para dentro, e o som reverbera pelo meu corpo espalhando mais uma vez os alfinetes como no primeiro dia, tudo dói, quanto mais me mexo, mais pinica. Lembro das partes de corpos pendurados, mas agora são todas de verdade, meu corpo é feito de pedaços, de partes vivas e avulsas, todas soltas. Não há mais conexão entre nada, de novo não enxergo, não escuto, nada mais tem cheiro, nem textura. Estou em meio a mulheres de todas as idades, também meninas, todas andam em círculos pelo mesmo espaço, não se tocam, ninguém fala e ninguém se escuta. Eu poderia ser qualquer uma delas.

Antes de servirem o café do hotel já estou na rua. Passo por uma praça grande, um calçadão cercado, dois camelôs montam suas barracas retirando de cima dos tabuleiros uma lona amarrada por cordas encardidas. Devem ser irmãos, um vende capinhas de celular e carregadores, o outro vende roupinhas de bebê, macacões e vestidinhos rendados. Depois de ajeitarem as mercadorias, sentam em banquetas e se servem de café de uma garrafa térmica, assopram e dão risada de algo que um deles falou.

Sigo. Estou bem no centro de Salvador, as ruas já estão apinhadas de gente, lojas abrem suas portas corrediças com um barulho de metal raspando em metal. Dos bares sai cheiro de café, a calçada é preta e suja com manchas ainda mais escuras. Há um cheiro ruim, indefinido. Sigo. De uma rua estreita desemboco num largo com uma igreja de lado, deve ser aqui o Terreiro de Jesus. As lojas que vendem lembranças para turistas ainda estão fechadas. Sigo. Estou novamente no Pelourinho, a casa azul e branca de Jorge Amado ainda não abriu, sento na escada e tento juntar os trechos que já escrevi, mas sei que ainda não tenho nada que preste, vejo essa cidade aos pedaços, no pouco que posso tocar, nada que possa interessar a mais alguém ou que sirva de roteiro para algum passeio.

Teco disse que queria algo bem pessoal, mais um depoimento de viagem do que matéria, disse que eu faria melhor do que ninguém. Mal sabe ele. Nada. Não sinto nada, não há nada a ser dito. Nem dos mistérios do candomblé, nem de como é sinistra e curiosa a sala dos ex-votos ou do colorido esvoaçante das fitinhas na grade do Bonfim. Nada que eu possa escrever, nenhum depoimento, muito menos pessoal. Ele não quer que eu diga para os leitores que aqui em Salvador o sol ofusca e tudo some, nem quer que eu publique que perdi meu corpo, meu guia, meu destino, que nem a cigana conseguiu ler a minha mão, que sou invisível até para Ogum. Tento lembrar da cerimônia do candomblé, mas só lembro da mão frouxa do fotógrafo e do medo em seus olhos, que eu invejei. Para mim não serviu para nada, e meu chefe não vai querer que eu diga o quanto me senti só vendo aquela comunhão. Estou trancada pelo lado de fora.

O espaço dentro de mim começa a crescer e vai tragando tudo, como uma erosão que puxa o mundo, nada fica na superfície, tudo vai, esqueço meu nome, meu endereço e o nome da minha mãe. Quando eu era pequena e estava sozinha num lugar que eu não conhecia, sentia isso, mas sabia que se ficasse parada e se pensasse em coisas boas acabava passando, então eu ficava lembrando do Carlos fazendo gol e acenando para mim do campo ou do Miguel dando banho na Preta com a mangueira. Hoje as coisas ao redor rodam, entram e saem do meu corpo, se recusam a ficar. Estou numa cidade que não é a minha e não sei como voltar, não sei se o meu irmão Francisco conheceu a Preta e se dava banho nela no quintal de casa ou se jogava futebol no clube, não sei se sou jornalista, turista ou católica. Morrer agora seria bom, espiar a porta fechada, morrer seria voltar para casa.

– A moça está sozinha? A senhora me desculpe, mas estou olhando faz uma data. A senhora parada aí, nem se mexe. Precisa de ajuda?

Não consigo responder, nem com a cabeça, meu corpo duro não reage, vejo contra o sol a silhueta de um homem. A voz ecoa e me devolve um pouco.

– A senhora está chorando? Está se sentindo mal?

A voz é de menino, o corpo de adulto. Ele se agacha e fica mais perto de mim, mas não me toca.

– Está passeando? Está só?

– Trabalhando, tentando trabalhar.

– Eu incomodo a senhora?

– Não.

– Sou guia turístico credenciado. Ó, está vendo esse colete verde? E tem o crachá, aqui ó. Está escrito Guia Credenciado Prefeitura Municipal de Salvador Programa Turismo para Todos. Eles pegam os jovens das comunidades e ensinam a ser guia. Somos diferentes dos meninos das fitinhas, eles não têm treinamento, nem colete, nem crachá. Eu já sou coordenador da equipe do Pelourinho, que é a mais importante.

Ele fala com desenvoltura e orgulho, ouço e me deixo levar pelo som agudo e gingado que não combina com o seu porte. Só escuto e observo. Meu corpo ainda está petrificado, mas já consigo respirar. Por baixo do colete de tecido sintético, uma camiseta branca justa, a pele negra bem escura, cabelo raspado, o sorriso é aberto, mas uma queda no canto da boca mostra amargura, a voz tem um timbre ingênuo. Está parado bem na minha frente, seu corpo cobre o sol. Eu, ainda sentada, tenho que olhar para cima para ver o seu rosto. Vejo só os contornos, todo seu corpo está na sombra dele mesmo. Chinelos de dedo, pés ossudos, fala sem parar. Acho que agora está me falando da família dele.

– O pai morava com a gente não. Só eu, mainha, o Rapa, Maria Inês, Pichuca e Zito. É, meus irmãos, sim. E os primos. Três, o Zé Paulo, Lainha e o Cuero, filhos de minha tia. Eu fazia que ia para a escola, mas fugia aqui para o centro. O vizinho me trazia para as rodas. Isso foi antes da Nenê. Eu era miúdo, e os turistas gostavam, davam dinheiro. Sim. Para mim não, para o vizinho. Ele ia recolhendo e depois me dava uma parte. Aí fui crescendo, criando corpo de adulto e os turistas não viam mais graça, o vizinho arranjou outro moleque, dizia que eu não tinha malícia para jogar. Aí já era a época da Nenê.

A fala dele vai amolecendo meus músculos, já consigo me mexer, pressiono os pés contra o chão e me ergo num impulso, dou uma bambeada, ele faz que vai me amparar, mas me equilibro sozinha. De pé, noto que ele não é tão alto, nem tão negro, me movimento para que ele se vire também, vou girando e me coloco contra o sol, fazendo com que ele tenha que expor seu rosto à luz. O rosto é franco como a voz, os olhos são vivos. Tem algo de esculpido, como se não fosse real, os músculos estufam a camiseta justa, o colete sintético mal encosta no seu corpo, flutua externo. No braço esquerdo, uma porção de colares enfiados. Aperto o olho para ler o nome no crachá.

– É Paulo, dona. Paulo Paciência.

– Martina – estico a mão, e ele cumprimenta encabulado. A mão é firme.

– Quer ver os colares, dona Martina?

– Dona não, por favor.

– Sim, senhora.

– Senhora também não – digo, tentando ser simpática.

– Me desculpe, é o hábito, o treinamento. Esses colares eu vendo, faz parte do programa da prefeitura junto com os abrigos. Eu não, abrigo não, moro com a minha mãe e mais a Nenê. Os irmãos e os primos foram tudo embora, só ficou o Zito. Mora com a gente não, só vem às vezes. A senhora quer um colar?

– Deixa eu ver.

Ele aproxima os colares para que eu veja. Eu seguro no seu braço. Sinto os músculos retesarem, ele faz que vai retirar o braço, mas interrompe o movimento, relaxa e deixa. A pele está quente. Puxo um dos colares.

— São feitos de quê?

— Ó, tem de concha e de semente. Esse daí é do dendê, sente o cheiro. Eu nem posso tocar na senhora, senão eu mesmo punha o colar. Mas não pode. Se passa um fiscal aqui, bem na hora, me lasco só de relar na turista. Pode não. Olha bem lá no cantinho do casario, está vendo? Isso. As câmeras. Eles vigiam o tempo todo, tem um em cada canto, vigiam até as baianas. Tudo fiscalizado. É. Tudo limpinho também. Se a senhora abaixar vai ver por debaixo dos tabuleiros, todos os tabuleiros têm um frasco de álcool. Ali o carrinho da água de coco também, tá vendo? O moço ali limpando a faca? Tudo limpeza.

Lembro da baiana estática do outro dia que se recusou a se movimentar. Ela de pé, parada daquele jeito e eu na agonia de ver um só movimento que fosse para saber que o mundo ainda estava vivo e que eu estava aqui. E ela nada, estática, e a chuva caindo nas pedras pretas e lisas do Largo do Pelourinho, e eu lá, invisível. Eram as câmeras filmando. Ela estava se escondendo da vigilância, ela queria se tornar invisível. A imobilidade era uma proteção.

Paulo Paciência vai falando sem parar, emendando uma história na outra como se soubesse que sua fala me mantém viva. Se ele se calar eu sumo de novo. Ele é só um garoto pobre das ruas de Salvador que se faz de guia turístico e vende colares. Fala muito, conta sua história toda com satisfação e em poucos minutos de conversa sei mais dele do que de mim.

— O tronco, é. Usavam para amarrar e bater em escravo que fugia, ficava bem ali. Os turistas ficavam só batendo foto, foto, foto. O povo daqui, sabe? Os moradores, pessoal das lojas, as baianas, ninguém gostava. Os turistas vinham aqui e foto, foto, foto do sofrimento dos pretos. Aí teve um abaixo assinado, dizem. Não, eu não estava aqui ainda não. Isso, o tronco foi para um museu. Ali, ó, foi o camarim do Michael Jackson, está vendo? Colocaram uma foto dele lá.

Ele fala e eu vou escutando, vai me falando da cidade e eu vou entendendo tudo. Agora está contando alguma coisa sobre a prima que mora com ele e o timbre da sua voz fica ainda mais estranho. Voz em falsete, forçada, um adulto com a voz presa na infância, não só a voz, a cadência da fala, a expressão no olhar. O sol se esconde atrás de uma nuvem e com o refresco da luz posso observar de novo seu corpo. A pele escura é tensionada sobre a carne dos braços, no rosto recobre ossos, muito esticada. Parece que o corpo cresceu mais do que o previsto e não há pele suficiente. Quase não tem pelos e o conjunto liso e tenso me dá vontade de tocar, estico a mão, recolho a tempo. Ajeito meu cabelo para disfarçar o movimento inacabado. Ele sorri e por um instante para de falar e me pergunta.

– Quer?

– Quer o quê? Me desculpe, não ouvi direito.

– Conhecer minha prima, a Nenê.

Você quer me apresentar pra ela?

– Quero. Você vai gostar, pode pôr na sua revista que ela é santinha.

– Santinha?

– É. Eu que acho. Os outros pensam mal dela. Mas eu sei que ela é boa.

Fico sem saber se eu perdi um pedaço da conversa ou se ele adivinha meus pensamentos, não me lembro de ter explicado a ele o que estou fazendo aqui. Nem eu sei o que estou fazendo. Na verdade sei, tentando escrever sobre algo que não existe mais. Um dia essa cidade existiu e eu poderia ter passado por aqui, poderia ter escrito sobre turismo, religião, sobre os escravos e sobre Michael Jackson. Agora nada se articula e as coisas flutuam ao meu redor, todas a um centímetro do chão. Meu pensamento derrapa se eu tiver que pensar no futuro. Se tivesse um espelho aqui eu veria a minha imagem e um segundo depois ela se dissolveria num borrão, em instantes eu iria me recompor em corpo firme, para em seguida me dissolver, cores borradas no espelho mais uma vez. Há um abismo entre meu último gesto e o próximo, cada passo é um segredo que tenho que descortinar, no ato da pisada. Não há rumo definido e agora dependo de um rapaz que se diz guia para conseguir ficar em pé. Eu quero ser a torre da Nossa Senhora do Rosário dos Pretos, uma das pedras do calçamento, a imobilidade da baiana.

Paulo Paciência me estende a mão e não me deixa sentar de novo. Não se importa mais se as câmeras o flagrarão conduzindo uma turista. Vai me puxando, quebrando a minha inércia.

– Vem – ele diz com sua voz de criança e suas mãos gigantes –, mainha sabe consolar quem chora assim.

– Eu não estou chorando – respondo com um resto de orgulho.

– Não ainda, mas está com cara que vai começar agorinha mesmo, aquela cara de criança que a mãe mandou engolir o choro, sabe?

Eu sei e trato de engolir mesmo, mais uma vez. Fixo a atenção no movimento das minhas pernas, o mundo fora de mim existe e se desvela na medida em que meu corpo se desloca. Vou prestando atenção, cada objeto me torna visível.

O caminho é longo. Depois de um ônibus lotado e uma van abafada, pegamos uma barca. Carros de luxo e carros velhos, motos, bicicletas, gente a pé, se misturam na plataforma. No lado direito, carrinhos de ambulantes – pipoca, milho cozido, batata frita, tapioca – enfileirados em uma ordem aparente. Quatro ou cinco baianas, ainda paramentadas, conversam e fumam, logo à frente dos carrinhos, encostadas no gradil que separa o barco do mar. Elas dão risada e falam alto. O cheiro de óleo diesel se mistura ao cheiro do mar, e eu me acomodo nessa barca como se fosse o ponto final. É aqui que vou ficar para sempre, ao lado desse rapaz, observando turistas que voltam para seus resorts, vendedores e ambulantes, donas de casa com sacolas de compra, funcionárias e funcionários de escritórios e repartições, moleques sem camisa e descalços, e as baianas fumando. A barca desliza para frente se encarregando de me trazer o futuro, sem que eu tenha que de fato avançar.

Paulo Paciência volta a falar, ou eu volto a escutá-lo com prazer. Diz que lá é tudo simples, diferente do que eu estou acostumada, mas que tem a sua mãe e a Nenê para me fazerem companhia. Descemos do barco e pegamos um ônibus que se distancia do porto, chacoalhando. Dali um pouco Paulo Paciência se levanta e me puxa. Descemos no meio do nada, e ele aponta com a cabeça uma direção vaga, meio de lado, meio de frente, seguimos pela estrada de terra ladeada por arbustos de folhas escuras. O céu está alaranjado e o calor se condensa em nuvens de mosquitos. Paulo me puxa como se eu fosse um cão preso a uma coleira, e eu sigo com a língua de fora, abanando o rabo.

Saímos da estrada de terra entramos em uma picada no meio do mato, a umidade fica mais densa. O chão ainda está molhado pela chuva da tarde e, a cada passo que dou, respingos penetram pela lateral da sandália e se misturam à poeira do dia de caminhada, uma pasta gosmenta de suor, terra e água que se acumula na sola e entre os dedos me fazendo escorregar dento da sandália. Paulo, calado, anda cada vez mais rápido, desviando das poças com habilidade felina. Soltou da minha mão e parece ter se esquecido de mim. Apresso o passo e tento imitar os volteios do seu corpo desviando das poças no chão e dos galhos que se colocam à nossa frente, como uma corrida de obstáculos. Apesar da afobação, consigo sentir o início de uma noite fresca.

O céu cinza não se parece com o que víamos na balsa, pássaros pretos de asas largas voam em círculos sobre nossas cabeças. Pergunto que pássaros são esses, e Paulo diz rindo que não são pássaros, são morcegos, depois se cala novamente. Sinto falta de sua voz, chego mais perto dele e pego na sua mão. Ele não faz nada, não solta a minha mão, mas também não segura firme como antes. Não parece mais um menino de fala franca e sim o homem feito que seu corpo promete. Avisto adiante algumas luzes, um pequeno povoado num platô no meio do mato.

A casa de Paulo Paciência ainda não é lá, fica um pouco adiante, afastada das outras construções, enterrada num pequeno vale. É invisível de onde estamos, escondida pelo relevo e pela copa de árvores que pendem da encosta. Apesar das luzes acesas, passamos pelas casas e não escutamos voz de gente, só numa das janelas o brilho azulado da tela de uma televisão sem som. Descemos uma escada de terra esculpida no barranco e escuto o som de água correndo. Um cheiro de madeira queimada se sobrepõe ao cheiro do mato e da terra fresca.

– Mainha fez sopa – diz Paulo Paciência novamente menino. – Você gosta?

Apesar da fome que sinto, minha vontade é de sair correndo, não sei como vim parar aqui. Minhas pernas ficam pesadas, não como antes, mortas, mas ao contrário estão tensas, dispostas a uma fuga imediata, ao mesmo tempo minhas mãos ajeitam meu cabelo e esfregam meu rosto tentando limpar o melado e o suor. Paulo continua, não percebe que eu parei, ou faz que não percebe. Um cachorro late quebrando o silêncio e me dando a deixa para a fuga.

– Você avisou sua mãe que eu vinha? Ela vai me receber? – pergunto com a voz sussurrada.

Ele se vira e sorri, seus dentes brancos iluminam a sua cara, os olhos estão vermelhos. Um pio longo de coruja ironiza o meu pavor. A porta da frente se abre, deixando escapar uma luz fraca e bruxuleante, uma menina de uns oito anos corre e se pendura nas pernas de Paulo, em seguida um cachorro grande e ruivo também sai de dentro da casa, mas vem direto em minha direção rosnando com todos os dentes. Fareja meus pés, enfia focinho entre minhas pernas e me cheira sem cerimônia, Paulo ralha com o cachorro que, com o rabo entre as pernas, volta para dentro de casa, aparentemente desinteressado, humilhado, ou as duas coisas.

A mãe de Paulo me olha da porta, eu peço licença, entro na varanda e estendo a mão num cumprimento formal. Ela me estica a mão úmida e áspera e esboça um sorriso duro que eu não vejo, sua cara está na sombra. De dentro da casa um cheiro abafado de resto de comida e mofo me faz querer ficar na varanda, ou melhor, sair correndo de volta para meu hotel, para a minha casa, meu sofá e para a minha mãe em coma e para o cheiro do hospital, mas tudo isso parece estar a uma distância que nem o pensamento atinge. Sinto um nó na garganta que não sei se é choro ou ânsia de vômito. Paulo me puxa para dentro com uma mão de menino teimoso. Obedeço e entro.

– Mãe, essa é a Martina, ela vai ficar uns dias aqui – ele anuncia e continua, voltando-se de novo para mim. – Minha mãe se chama Sebastiana Inácia, pode chamar de Doniana.

A luz insuficiente vem de velas gastas, duas em cima da mesa de madeira no centro do cômodo principal, que é sala, cozinha e quarto. Uma vela no parapeito de uma janela acima da pia da cozinha, à esquerda da porta. Mais uma vela de sete dias em um pequeno altar no canto oposto à cozinha. Tem mais de um santo, mas eu só identifico o manto de Nossa Senhora e o azul claro das vestes de Iemanjá. No chão, abaixo do altar, um volume disforme que parece um amontoado de pano velho, o fogão à lenha emite uma luz e um calor que deixam tudo meio amolecido. Bem na frente da porta de entrada, do outro lado da mesa, há uma pequena porta fechada, talvez um quarto. O banheiro deve ser do lado de fora. A casa é toda de madeira escura e o piso é de cimento, as paredes são curtas, terminam antes de chegar ao telhado.

Não preciso conter meu corpo, aqui ele não sente vontade de tocar em nada.

Paulo lava suas mãos na pia da cozinha e eu o imito, o sabão é uma bola sem cor definida que deixa a minha mão seca e com um cheiro rançoso, enquanto isso, a menina estica uma toalha com flores desbotadas na mesa, empilha pratos fundos e espalha colheres. A mãe coloca uma panela no centro da mesa e serve os quatro pratos com uma sopa de legumes, espessa e amarelada. O gosto é bom, o caldo desce suave empurrando a minha agonia de volta para dentro. Ninguém fala nada, e a menina cantarola.

Do bolo de tecido no canto da sala saem redes, Paulo e a mãe estendem as suas na sala, e a menina me puxa em direção à pequena porta, tenho que me abaixar para passar. É o quarto dela. Tem cheiro de cachorro molhado e está escuro. Paulo traz uma vela que clareia todo o ambiente. As paredes de madeira são pintadas de uma cor suja e tem pedaços de papéis colados. Uma cômoda, que pende sem um dos pés, fica embaixo de uma janela, na verdade um vão sem vidro nem veneziana, só uma cortina. Falta uma das gavetas da cômoda, e o buraco negro me puxa, se eu me deixasse levar provavelmente voltaria no tempo e no espaço e viraria menina também. A garota deita em uma cama muito pequena, seus calcanhares ficam de fora e eu me lembro da noite em que a Preta deu à luz e perdeu o cachorrinho. Sinto caninos nos meus calcanhares, me assusto e viro, não há nada atrás de mim, o cachorro ruivo já está acomodado embaixo da cama da menina, espremido entre o piso e o estrado, ele também é grande demais para aquela cama. A mãe de Paulo me traz uma rede que surpreendentemente cheira a alfazema, adormeço encolhida e embalada pela menina que cantarola uma melodia suave.

Acordo com o sol na cara e com o cheiro de café, a menina já não está na sua cama. Olho em volta e o conjunto não me parece tão tosco como ontem, a cor que me pareceu suja é um rosa suave, os móveis, cama e cômoda, são brancos laqueados, como os dos quartos de bebê. Na cabeceira da cama e na primeira gaveta da cômoda há um coração entalhado, também cor-de-rosa, tudo é um pouco gasto e a laca está trincada em diversas partes. Os papéis na parede são imagens de princesas de desenho animado, recortadas de revistas infantis. Cada figura está colada em um papelão contornado com capricho por um traço lilás, que faz as vezes de moldura.

A casa está vazia, sobre a mesa há um bule, uma caneca e um bolo amarelo. Tomo o café morno e como um pedaço do bolo, na verdade um cuscuz levemente salgado. Ainda mastigando, saio e vejo as duas no quintal, a menina risca o chão de terra com um graveto e a mãe de Paulo pendura a roupa recém-lavada numa corda. Assim que percebem a minha presença, Doniana sorri e diz que Paulo já foi trabalhar, que não deve voltar hoje nem amanhã, diz que só volta nas folgas, fica muito caro voltar todos os dias. Conta que ele dorme por lá mesmo, no emprego de vigia de obra. É guia, sim. De dia, vende os colares e fala com os turistas, mas de noite fica na obra. No sábado vai na reunião da prefeitura, conversa com os chefes e com a meninada.

– Leva jeito com a molecada de lá – diz ela. – Com os daqui não –, emenda, apontando o queixo para o amontoado de casas que fica mais acima –, esse povo daqui não presta.

Ela fala tão bem como Paulo, a fala solta, articulada, vai juntando um assunto no outro, como se tudo fosse uma coisa só.

– Os outros foram tudo embora – continua –, os filhos e os sobrinhos. Criei os da minha irmã também, que ela variava da cabeça. Pois é, não sabia cuidar e foi só piorando, batia, judiava, aí eu tomei eles tudo dela. A menina, Lainha, veio que era só a caveirinha, o Zito, mais velho, era revoltado, agora já foi tudo embora, sobrou aqui o meu Paulo para cuidar de mim e depois veio a menina.

– A menina é sobrinha da senhora também?

– Não, não é sobrinha não. Essa daí chegou foi muito depois, outra hora eu conto essa história. Paulo chama de prima que é para ficar mais fácil.

Ela diz isso e se cala, como o filho, às vezes, se cala também. Volta a estender roupas no varal, de costas para mim. Fico curiosa com a história da menina, mas intuo que não adianta perguntar agora. O cachorro, que é na verdade a cachorra, uma fêmea, dorme numa sombra, desinteressada do mundo. A menina sumiu. Apesar da claridade, não vejo nada e ninguém fala comigo. Meu corpo está paralisado e, mais uma vez, nada aqui me diz respeito. Meu único vínculo com esse lugar é um rapaz forte, com voz de criança, que eu mal conheço e que também sumiu. Meu celular está sem bateria, não sei como sair daqui e nem o que vim fazer. Começo a achar que sou quase uma prisioneira e que devo, portanto, ter vontade de ir embora.

— Ah, já ia me esquecendo – diz Doniana –, Paulo disse que você esperasse ele, que ficasse aqui comigo mais Nenê até ele voltar, mas se quiser ir, moça, te levo até a balsa num instantinho.

Sua voz é firme e convincente, posso ir quando quiser, ela me leva. Eu não quero voltar para a balsa, para Salvador, para o meu sofá, nem para minha vida. Vou esperar por ele, dormir todas as noites no quarto de princesa, na rede de alfazema. Vou ficar aqui.

Tento puxar assunto com a menina que surge do nada e me olha atenta, mas ela não responde. É uma menina miúda e sem forma, a pele cor de guaraná reveste um corpo que ainda não está pronto, o cabelo é liso, mas não escorrido, o castanho queimado desce em ondas e retorce nas pontas. Os olhos se alargam na horizontal até a lateral do rosto, são duas fendas que ocupam parte do espaço que seria a testa. As maçãs são largas e amareladas, o nariz achatado. Apesar do corpo imaturo, o olhar é velho, fita meu rosto como se quisesse descobrir um segredo. Sua presença é tão forte que custo a perceber que ela não fala.

— É muda – diz Doniana –, pelo menos com a gente nunca falou. Entende tudo, mas não fala.

— Mas eu ouvi ela cantar – respondo, confusa.

— Se apurar o ouvido vai ver que não tem dizer nessa canção, ela faz esse sonzinho que engana a gente. Pelo menos me faz companhia, esse murmuriozinho dela, adoça os ouvidos.

– É verdade, a senhora tem razão, dormi ontem ouvindo uma coisa tão doce que nem reparei que não tinha palavras.

– É assim mesmo, filha. E aposto que acordou docinha também, não foi?

– Foi mesmo.

Doniana some para dentro de casa, me deixando novamente com a menina, volta dali um pouco com um vestido florido e um pedaço de sabão.

– Nenê, leve a moça para tomar banho – diz mirando na direção do mato. Depois vira para mim e oferece o vestido: – É de Maria Inês, se não se incomodar.

A menina vai na frente, muda, não me olha e não canta. Eu me esforço para acompanhar seus passos sem parecer muito desajeitada e vou calada também, com um misto de medo e constrangimento. O silêncio dela ocupa todo o espaço em volta de nós e ela parece saber disso, poderia cantar, mas escolhe ficar muda. O caminho é uma picada no meio do mato, o som de água em movimento aumenta, não há ninguém por perto. Às vezes escutamos barulho de bichos que chacoalham a copa das árvores, pios de pássaros diversos e um zunido de inseto que não cessa. O calor aumenta, apesar de estarmos na sombra das árvores. O sol coado pelas folhas atinge o chão como uma lâmina em brasa secando as poças e deixa apenas os rebaixos de lama rachada, onde a água se acumulou. O caminho desemboca numa prainha, neste ponto o rio se alarga formando uma piscina de água marrom. Tiro minha sandália e piso em uma mistura de terra e areia. A menina levanta o queixo, apontado para um tronco de madeira caída, metade no seco, metade na água. Entendo que é o lugar de tomar banho.

Pergunto se ela vai tomar também, com a esperança de poder seguir seus passos. Ela tira o vestidinho rosa, larga na areia e corre para o rio, sobe em cima do tronco e pula, tampando o nariz. Faço o mesmo, imitando de forma caricata os seus gestos e quando volto para a superfície da água ela está rindo. É fundo. Nadamos até perto da margem onde é possível ficar em pé e, apoiadas no tronco, lavamos nossos corpos e cabelos. Depois lavamos as roupas, e ela cantarola baixo.

Estamos totalmente nuas, sem o menor constrangimento, seu corpinho inacabado empresta ao meu uma esperança. No caminho de volta vai silenciando, primeiro para de cantar, depois não me olha mais e vai me deixando para trás, espalha seu silêncio e me abandona. Quando chegamos, se acerca de Doniana com risos e afagos, canta para ela e busca o pente para que a velha desembarace os seus cabelos. Nenhuma das duas parece se lembrar que estou aqui. Penduro minhas roupas lavadas na corda, ajeito meus cabelos com os dedos e me afasto usando o vestido florido de tecido rústico de uma pessoa que eu não conheço.

A comida é pouca, mas suficiente. Depois do almoço, Doniana pede para a menina ir até a venda e lhe entrega uma lista e uma sacola, a cadela ruiva já está a postos e vai seguindo a menina, abanando o rabo. Doniana me estende uma xícara de café e aponta os tocos de árvore na varanda para que eu me sente. Ela se senta ao meu lado e pela primeira vez posso olhar seu rosto com calma, noto que Paulo se parece com ela. Mas o olhar dele é solto, vagueia sem firmeza, o dela é firme. Olha direto e não deixa dúvida. Em comum, ambos tem o retorcido no canto inferior do lábio esquerdo, que mesmo quando sorriem, parecem cismados. Ela usa um lenço florido que deixa ver só um pouco do cabelo próximo à testa. Os cabelos, presos num coque escondido sob o lenço, são muito crespos e já um tanto grisalhos. O vestido desbotado em tons de azul e roxo esconde um corpo curto e redondo, onde se nota barriga e seios de muitos partos, pés descalços e a pele negra acinzentada, muito seca. A sua idade é indefinida. Calculo mais de sessenta, menos que minha mãe.

Ela me diz que mandou a menina até a venda para poder me contar a história. Diz para eu não reparar nos modos da garota, que é assim ressabiada.

– Não gosta que ninguém chegue perto da casa, de mim e muito menos de Paulo. Tem verdadeira adoração pelo meu Paulo.

– Como foi que ela chegou aqui?

– Chegou ainda bebê, no meio da noite, ela mais um cachorro, os dois numa caixa de papelão catinguento. Ela muda, nem chorar chorava, só esses olhos rasgados de fora a fora no rostinho que mal se via, indiazinha. A cachorra latia, chamando, e foi Paulo quem ouviu primeiro, como eu tinha ouvido primeiro a Preta chamar quando foi dar à luz. Veio cá fora e topou com a caixa e as duas criaturas dentro. Sujas, esfomeadas, cheia de ferida a menina, feito chagas, ninguém achou que vingava, só o Paulo, teimoso. A cachorra logo ficou boa, era filhote também. A menina ficou no morre não morre e eu cuidava meio de longe para não me apegar, vai que não vinga, eu pensava, Deus me perdoe. A menina foi aturando, firmando e viveu. Foi ganhando cores, encorpando, aprendeu a sorrir e a andar pendurada nas pernas da gente, feito macaquinho. E quando vi estava correndo solta pelo terreiro mais a cachorra. Nesse tempo a gente morava ainda na vila, lá em cima, mas logo que ela apareceu, começou o falatório sobre a menina. De onde vinha? Onde estava a família? O que estava fazendo aqui? O Paulo, menino ainda, enfezava com o povo. Eu não ouvia, não perguntava e não tinha a resposta, alguém tinha posto na minha porta e era para eu cuidar.

– Ela nunca aprendeu a falar? Já levaram no médico?

– Carece de médico não. Eu tenho para comigo que ela fala, se quiser, fala. Enquanto Doniana conta a história da Nenê, eu ouço, tentando escutar algo que ela não está me falando. Sobra na sua fala um chiado duro, um medo que não vem daquilo que ela conta. Me lembrei da minha casa, dos silêncios, daquele mistério mal guardado, pedindo para ser revelado e depois se escondendo. Eu só vejo as pontas, o tremor na voz dela, como a fala da minha mãe.

– E o que é a menina tinha para não gostarem dela? – perguntei.

– Nada! Coisa nenhuma – Doniana me responde firme e já se levanta. Vai para dentro lavar a louça do almoço. Ofereço ajuda, mas ela quase me enxota da cozinha.

Vou dar uma caminhada, mas antes pego minhas roupas no varal e me troco, o tecido está duro, lavado com a água salobra do rio e aquele sabão rústico, depois esturricado ao sol, mesmo assim me sinto melhor. Deixo o vestido florido arejando no varal e sigo em direção à vila, única saída daquele buraco. A escada encravada no barranco de terra vermelha é íngreme e para subir tenho que apoiar nos cipós que pendem das árvores lá de cima. A vila fica mais longe do que parece. O sol está a pino, achatando minha sombra para baixo das minhas pernas.

São não mais do que dez ou doze casas de cada lado, alinhadas formam dois paredões, entre elas, um espaço feito uma rua, sem carros, postes ou calçadas. A maioria das casas é de barro, algumas de tábuas e uma, lá no final, tem um lado coberto por plástico azul. Galinhas comuns e galinhas d'angola ciscam soltas, pintinhos amarelos e frangos ruivos rodeiam suas mães.

Um vento sopra morno levantando pequenos redemoinhos que giram pelo meio da rua carregando restos de folhas secas e poeira. Nos fundos das casas mulheres trabalham, o cheiro é de esterco, dejetos e o refogado do jantar preparado em fogões à lenha. Dois garotos pequenos cruzam a vila na direção oposta à minha e passam como se eu não estivesse lá. Ouço galos esparsos, o cacarejar enjoado das galinhas, cachorros latindo e um murmúrio de vozes, mas não há conexão entre som e imagem, como se o áudio fosse de outro filme.

Aos poucos noto que de dentro das casas olhos me fitam, o som de vozes vai escasseando e o silêncio se volta contra mim. Continuo andando no mesmo ritmo, sem ter certeza do que se passa. Uma porta se abre e dois rapazes me olham sérios. Meu corpo reage a um golpe que ainda não foi desferido, a adrenalina eletriza meus músculos, mas sei que correr é péssima ideia.

Os dois rapazes me seguem à distância e crianças vão se aproximando, sem nenhum sorriso. Assustada, não acho o rumo do barranco e não sei por onde ir, me viro para eles e tento sorrir, ninguém sorri de volta. Aproveitam a minha parada e apertam o passo, intimidadores, agora já são quatro rapazes e as crianças com pedras nas mãos.

Sinto a mãozinha gelada segurar na minha. É a menina. Ela vai andando firme, passo a passo, sem desviar os olhos do horizonte. Me puxa pela mão e a cadela de orelha em pé se cola aos meus calcanhares, protegendo a retaguarda. Chegamos ao barranco e eu desço a escada quase num salto, só lá em baixo volto a respirar, a menina dá risada e o cão também.

O resto do dia transcorre quase sem palavras. Conto a Doniana o que se passou e ela me olha com certa cumplicidade, mas não diz nada, olha severa e ao mesmo tempo orgulhosa para Nenê. Eu entendo, mais uma vez, que não devo perguntar nada, as coisas, aqui também, acontecem sem que eu precise saber. Encontro o vestido pendurado da minha rede, me refresco na bica e me troco de volta.

É noite, e a menina já foi dormir, quando Doniana me chama para fora da casa. Sentamos nos tocos de árvore da varanda, ela acende um cigarro de palha e começa a falar,

– Só por que chegou com a pele toda coberta de chagas e ao lado de um cão, quiseram mandar ela embora. Diziam que se vingasse não prestaria, que traria má sorte, que eu tinha que devolver a menina, deixar no rio para que a correnteza levasse ela e aquele bicho ruim. Eu tive medo e quase fraquejei, mas Paulo me disse que a menina era boa, que eu tinha que cuidar, a maldade não vem de fora, ele repetia, fica só é dormindo dentro da gente mesmo e cada um é que tem que ser forte e ter fé. Ouvindo aquilo da boca do meu filho, criei forças. Aquela criança tão judiadinha não podia ter parte com o Cão, não podia. Eu tinha que cuidar dela com fé, como criei os meus filhos e os da minha irmã, mas os vizinhos não queriam a gente ali com eles, diziam que a comunidade era uma só, uma família só, que o castigo viria para todos.

– E a senhora, o que fazia?

– Eu dizia que aquilo era bobagem, que eu não ia sair

dali, que eu nem tinha para onde ir com as duas crianças e mais a cachorra. Fui ficando, pelejando com a menina, zelando por ela. Numa noite, já estava todo mundo dormindo, eu comecei a ouvir uns estalos, um clarão que ia e vinha, vermelho feito um sol no meio da noite.

– A senhora estava sozinha na casa com a menina?

– Graças a Deus Paulo ainda não dormia fora naquela época. Ele acordou e já foi gritando que era fogo, pegou a menina e foi me puxando para fora, eu nem sabia o rumo da porta. O fogo tinha começado no galinheiro e já estava sapecando o alpendre. A casa de lá era maior que essa, toda rodeada de varanda, na frente, dos lados e atrás, era de reboco e piso de lajota. Tá lá ainda, abandonada, você deve ter visto, na outra banda da vila.

–Vi sim, com um plástico azul de um dos lados.

– Isso, essa mesmo. O povo tudo se juntou para impedir que o fogo se espalhasse, quem não tinha força para carregar os baldes rezava e olhava os meninos pequenos que choravam também. Naquela noite ninguém dormiu, nem velho, nem criança, todo mundo assistindo o fogo lamber o céu, como se uma fenda do inferno, Deus me livre, tivesse se aberto do seio da terra. Só a Nenê não chorava. Não tinha feito um ano ainda. Quieta, os olhos de gelo no meio daquela quentura toda. Corri com ela para longe para ninguém notar, ninguém achar que estava vendo um risinho no canto da boca da menina. Tinha nada lá não, ela estava só assustada como todo mundo. Desde sempre assusta fácil, pode estar dormido o sono mais pesado, qualquer barulhinho arregala os olhos, nem pisca. Para mim é por causa do sofrimento todo da vidinha dela, só Deus sabe o que ela passou até chegar aqui.

– E o fogo se alastrou?

– Não, deram conta de apagar. Quando o dia terminou de clarear ficou só o resto do galinheiro fumegando na terra. Queimou foi lá para trás, pros lados da mata, graças a Deus não era tempo da seca e o mato estava fresco, se tivesse seco, o fogo ia até para os lados da estrada, tinha queimado era a vila toda. Mas o pior ainda vinha. Eu estava mais o Paulo limpando aquela fuligem toda, e seu Antônio chegou na janela, disse que os vizinhos estavam danados, que iam escorraçar a gente de casa, eles achavam que tudo era culpa da Nenê, que ela não podia continuar lá. Contou que alguém tinha visto a menina arrodeando o galinheiro antes do fogo começar. Você imagina, a menina não andava ainda, era só um bebê e todos sabiam, mas ele já foi emendando que todos falavam que ela não era criança coisa nenhuma, era encarnação ruim. Seu Antônio era bom, veio me avisar para eu fugir antes que viessem atrás da menina. Paulo nem esperou a fala mole dele terminar, catou a menina e danou me puxar cá para baixo. Despencamos pela ribanceira, agarrados aos cipós, na escuridão. Tinha essa escada não, essa passagem, era tudo fechado. Eu correndo com a menina nos braços, o Paulo na frente, rasgando o mato, os galhos querendo furar os olhos, arranhado rosto, braço, tudo. Nem sei como dei conta. Eu só sabia que aqui não iam mexer com a gente, aqui ninguém gostava de vir não, diziam que muito tempo atrás era um cemitério de índios, sei não. Lá para cima eram os escravos fugidos que moravam, nossas casas foram construídas em cima das taperas deles. Até pouco tempo ainda tinha uns deles por aí, já feito avôs, bisavôs, desse povo todo. Nós, minha filha, somos todos fugidos, se não foge de uns, foge dos outros. É assim a vida aqui, moça.

Deito na rede de alfazema escutando o ressonar da menina e do cachorro, eles respiram em sintonia. Durante o dia eu não havia notado, mas agora com o silêncio em torno, escuto o vai e vem do ar em seus corpos, como se partilhassem não só o ritmo, mas o mesmo ar, a mesma substância dividida em dois. Procuro acompanhar, mas meu ritmo é outro, no começo funciona, mas logo fico agoniada, querendo outra forma de respirar. Eu brincava de fazer isso com Miguel, quando estava no colo dele, com as batidas do coração. Colava o ouvido no peito dele e o polegar no meu pulso, era uma só pulsação. Carlos não, era muito mais rápido. Quando eu estava com Jorge na cama, antes de dormir, ficava sentindo seu peito subir e descer, seu coração pulsar, e era só isso que me interessava. Ele, o corpo dele, apagando o meu, era esse o meu conforto. Eu sumindo dentro do corpo infinito de Jorge, e o mundo rodando quieto lá fora. Jorge venerando meu corpo, me mantendo aquecida e alimentada. Jorge se apegando a mim, bibelô, criatura frágil. A fissura exposta, a fenda aberta, e ele juntando com suas mãos as minhas partes rompidas. Jorge me mantendo em pé. Adormeço e sonho que sou uma boneca bebê no corpo de uma Barbie, o desejo percorre meu corpo de plástico, mas não tenho como me satisfazer.

Acordo tensa, no dia seguinte, enrodilhada nas franjas da rede. Levanto tentando alongar a musculatura e percebo uma movimentação na casa, as duas fazem limpeza, o varal está lotado, a rede de Paulo está estendida tomando sol. Um pão ainda cru descansa na assadeira, uma galinha sem cabeça jaz pendurada pelos pés e seu sangue é colhido em uma gamela. É dia de festa, o dia em que Paulo volta.

– Posso ajudar? – pergunto, animada com o movimento.

– Pode sim, menina – responde Doniana com alegria na voz. –Você já depenou galinha?

– Nunca, mas posso aprender – respondo, com uma coragem inesperada.

– Deixe ver – diz Doniana se aproximando.

Ela seca as duas mãos batendo no vestido e as estica para mim, pega nas minhas e me olha sorrindo com o canto da boca. Demora um pouco, retendo minhas mãos, as suas, bem maiores, envolvem as minhas por inteiro. São quentes e firmes, vivas. O sorriso se transforma em uma risada larga de deboche, a menina, que varre a varanda, olha curiosa em nossa direção e a cachorra, deitada na sombra, levanta as orelhas.

– Eita, que essa essas mãos macias nunca garraram na lida. Nunca esfregou uma roupa no tanque, nunca capinou nem cavoucou a terra, não foi? Enxada nem sabe como segura, não é? – ela vai falando e debochando, a menina acompanha, esfregando satisfeita suas mãozinhas no cabo da vassoura. A cachorra se levantou e está sentada, alerta.

– Não, senhora – respondo envergonhada.

– Também, lá no asfalto, vai capinar o que, não é, filha? – ela diz isso e me puxa num abraço brusco. A menina sorri com seus olhos rasgados e a cachorra abana o rabo. – Mas tu é muito corajosa, moça, se for enfrentar uma galinha gorda dessa com tua mão de princesa, vai fazer um estrago danado, nas mãos e na galinha.

Me lembro da minha mãe cortando as aparas do frango, acho que ela seria capaz de depenar essa galinha e de preparar um banquete para Paulo. Doniana não perdeu um filho, criou os seus e ainda os de outras mães. Minha mãe não me criou, e Miguel não sabia como fazer. A ausência de Francisco depenou a minha casa, o seu corpo desaparecido jazia naquele quarto fechado. Do meu pai não sobrou nada além da busca por uma notícia. As coisas agora cabem na palma das minhas mãos pequenas, que seguram as mãos rudes de Doniana.

– A senhora acha? – pergunto, surpresa, não por ela achar que não dou conta da galinha, mas por ela ter dito que sou corajosa.

– Ó, faz assim – ela diz –, você senta aí do meu lado e vai me contando sua história enquanto eu cuido aqui da bicha.

– Minha história, Doniana? Não tem nada para contar não, me dá a galinha, que eu prefiro ela.

– Todo mundo tem uma história, moça – ela diz. E completa: – Todo mundo tem uma cisma. Anda, desembucha, o que está te aperreando?

– A senhora acha que estou triste, Doniana? Está tão na cara assim?

– Meu Paulo te achou sem rumo lá na cidade, disse que tu parecia um calango quentando no sol, os malandros em volta já estavam armando pra levar a bolsa, o telefone, tudinho, e a moça nada, parecia morta, o Paulo disse.

– Foi assim, é? – pergunto, para ganhar tempo. Mal consigo me lembrar daqueles dias, só lembro de estar vagando por uma cidade que eu não conhecia, lembro que nada fazia sentido, nem os atabaques, nem as partes de corpos pendurados na sala de ex-votos. Lembro do meu corpo sumindo e voltando e lembro de vozes que me chamavam: "Vem, Martina".

– Foi assim, ele me disse – diz Doniana. – Por isso eu sei, tem coisa aí, a moça vem de longe para se perder aqui nessa terra esquecida, se não é amarração é desilusão, ou os dois.

Preciso responder, mas as palavras não se organizam, lembro da massa de torrada e geleia cuspida, aquilo foi o primeiro dia, tudo vem vindo, a minha cama vaga, o mundo desaparecido, a minha mãe no hospital, a Preta esperando migalhas. Me pergunto se foi tudo culpa do irmão caçula do Jorge. Sem a conversa com Luís Fernando eu estaria ainda com Jorge? Ou se foi culpa do Serginho, ele podia ter me contado antes que fosse tarde demais, ou não ter me contado nunca. O relógio, o segredo. A notícia que nunca chegou. Francisco virando um quarto fechado, uma porta que não abre.

– Ei, moça, acorde, parece até que dormiu com os olhos abertos, conte o que aconteceu antes de Paulo lhe trazer aqui.

Não sei qual parte eu conto, com qual dos personagens eu começo minha história.

– Paulo me trouxe, mas fui eu que vim – digo com uma certeza incomum.

– Verdade, minha filha, sem você querer não tinha vindo, meu Paulo não é de forçar ninguém, muito menos moça.

– Meu chefe me mandou para Salvador fazer um trabalho. O resto eu não sei contar, Doniana.

– Ah, deixe de bestagem, sempre tem como contar, me diga, o que mais você quis?

– Eu quis me separar do meu marido.

– Ele tinha outra?

– Não, Doniana, ele tinha eu mesma e se espalhava todo por dentro de mim.

Olho para a menina que continua varrendo, desinteressada da nossa conversa de adultas. Logo ela vai ser mulher, mas ainda não. Cada vez que a vassoura raspa no piso, seu corpo magro dá um leve tranco, como se o chão respondesse a uma provocação, cutucando de volta. Doniana pigarreia e fala baixo.

– Ele te batia?

– Não! Bater nunca. É outra coisa, mas é difícil explicar.

– Mandava em tu, na casa e no resto do mundo todo.

– É isso mesmo, a senhora sabe como é, não sabe?

– Vixe, se sei, não vou dizer que homem é tudo igual, que isso é mentira, tem uns ruins e outros piores – diz, numa gargalhada. – Só meu Paulo é que presta.

– Será mesmo Doniana, é tudo igual?

– É não, minha filha, estou de brincadeira, tem muito homem bom por aí, é questão de achar, cada qual com seu cada qual, cada um faz o seu par.

– Como faz?

– Como o angu, vai pondo agua no fubá e vai mexendo, bote no fogo para firmar e depois tempere a gosto.

Rimos as duas e eu imagino Jorge numa panela num caldo com sal, pimenta, cebola e coentro.

– Fez bem em largar o traste, homem com muito querer é feito angu empelotado, só faz engasgar.

– Parece até que a senhora conhecia ele.

– Conheço o jeito desses homens, filha, estou velha aqui no meio do mato, mas já conheci muito traste como esse. E, esses dias, vi bem esse jeito de quem foge de onça mansa, o medo anda mais tu. Essa falta de prumo feito boneca de pano murcha, os homens desse tipo adoram mulher fácil de levar.

– Pior é que sinto falta dele.

– Esses aí são os de corpo melhor, aquela quentura boa, aquele olhar como se não tivesse outra mulher no mundo todo, o deixa disso no meio da briga, vem cá morena, chegue minha flor perfumosa. Era assim?

– Era, Doniana, nas palavras dele era assim mesmo e eu ficava meio tonta, ia levando a vida meio frouxa.

— Feito menina.

— Feito menina boba e quando eu falava alguma coisa, se eu queria alguma coisa diferente dele, se eu respirava do meu jeito, ele murchava, parecia que ia desmanchar.

— Sei, desacorçoado. E depois ficava bravo?

— Às vezes me chamava de coisas feias, dizia que eu era errada.

— E tu acreditava.

— Ele era tudo para mim, não sei dar um passo sem ele, Doniana.

— Mas o cabra quem pôs pra correr foi tu, não foi? Tu é valente, sim, foi corajosa, mas tua cara tá com o medo estampado, leva tempo. É o que digo para o meu Paulo, dê uns minutinhos a mais para o tempo que ele chega. Paulo já é homem, mas a voz é de menino, um dia sei que vai mudar, como aquela ali – diz, apontando Nenê.

Doniana tem as mãos vermelhas pela força de puxar as penas, e os dedos estão cobertos por restos de penugem. A ave não se parece mais com aquela que vi pendurada quando acordei. As penas deram lugar a uma pele pálida e brilhante, com um viço novo, bicho perdendo corpo para virar alimento.

– Um dia a Nenê vai falar e vai ter nome de gente – diz Doniana –, e esse nome ela mesma vai escolher.

— E o Paulo, Doniana, um dia ganha voz de homem?

— Sei não, minha filha, isso eu não sei, só sei que foi o susto do incêndio. Ele agiu feito homem muito antes da hora, salvou nós duas, depois daquilo foi só o corpo que cresceu, o resto ficou esperando o susto passar.

Ela levanta e vai para a cozinha com as duas galinhas. Eu olho o chão coberto pelos restos, é como a pia da minha mãe. O dia passa em arrumações e preparativos, mas ao final da tarde, na hora esperada, Paulo não aparece. Me ofereço para ir até a balsa, Doniana diz que a essa hora a última já veio, não sobra alma viva para dar uma satisfação. Aguardamos as horas passarem, cada uma com sua agonia. Pergunto se ele pode ter parado no caminho, no povoado, ter ido visitar alguém, beber uma cerveja. Nenê rosna com os olhos. Doniana diz que Paulo nunca dá confiança para ninguém, nem moça, nem velha, nem homem, nem mulher. Só fala com os turistas e com as crianças da prefeitura.

– Com o povo daqui – diz –, nem bom dia, nem boa tarde. Nos dias depois do incêndio ele ainda ia lá para cima e falava com quem chegava. Teve gente que vinha, oferecia ajuda, um prato de arroz, uma galinha, até um porco nos deram. As alimárias tinham tudo se perdido no incêndio, não tinha sobrado nem um frango, um leitão, nada. Foi bem lá que o fogo começou, bem no quintal, junto do galinheiro. Eles queriam matar a gente de fome.

– Eles quem, Doniana? Matar?

– Dias depois, Paulo estava lá catando o que tinha sobrado. Fuçando no quintal e no meio dos restos queimados, achou uma lata fedendo a gasolina.

– Foi de propósito?

– Decerto.

– E vocês não chamaram a polícia?

– Aqui no mato polícia vem não, se vem demora dias, antes disso eles terminavam de matar nós. Se a gente desse notícia de saber da má intenção, ia ter que se mudar na mesma horinha. E eu ia para onde, de que jeito? Paulo quando desceu estava danado, carregando a lata, gritava com sua voz de menino, dizendo que aquilo não era certo. Eu corri tapar a sua boca, não deixar ele gritar mais. Ele engoliu mal, engasgou com aquilo. Eu disse a ele que justo o que eles queriam era nos deixar na carência, sem os porcos, sem as galinhas, sem a horta, aí a gente ia ter que pedir a eles o de comer e eles iam ajudar e de mansinho iam fazer a gente acreditar que tudo era culpa mesmo da Nenê, que sem ela aqui tudo voltava.

– A senhora acreditava que o fogo foi de propósito?

– Acredito ainda. Eu ia falando essas coisas pro meu Paulo e ele ia chorando baixinho, gemendo feito bebê, já a Nenê ia rindo, fazendo graça, como se mangasse deles tudo. Ela sabia que eu não ia deixar ela, que eu morria de fome, mas não entregava minha menina. Quando Paulo se aquietou, enterramos a lata e ele voltou lá para cima, apanhar o restante das coisas.

– Queria ver a cara deles – digo, enredada pela história.

– Você viu, filha, você viu quando passeou lá por cima. Eles nos tratam daquele jeito, a raiva nos olhos, a desconfiança, até os meninos novos já nascem com essa raiva de nós. E medo. Medo da Nenê. Dizem que ela enfeitiçou eu mais o Paulo, que ela fala pela boca dele e deixou ele ruim, que quando ele não está aqui está roubando na cidade. Inventaram até que já somos ricos, que tem ouro por debaixo do chão da minha casa tudo – Doniana diz isso e ri uma risada nervosa. – Agora devem estar falando de você também, filha, mais uma enfeitiçada.

– E como a senhora sabe de tudo isso?

– Seu Antônio é que me conta quando vem de madrugada, depois que o pessoal dele já está dormindo. É boa pessoa, nunca concordou com o que fizeram e me ajudou muito no começo. Vem escondido da família, a mulher é que manda nele, frouxo de tão bom.

Já é tarde, nos deitamos, mas o sono não chega. Só a menina dorme, revira em sua cama num sonho tão agitado que acendo a vela para ver se está tudo bem. Ela senta na cama, pernas cruzadas, olhos arregalados, chamo e ela não responde, aceno com a mão, mas ela não me vê, está dormindo. Agita as mãos para frente, como se tentasse alcançar algo que está longe, sua aflição aumenta e ela grita alto, como se estivesse ferida. Escuto Doniana se levantar e abrir a porta do quarto bem no momento em que Nenê começa a falar com uma voz firme, de mulher feita, mas num timbre desesperado:

– Paulo está pedindo ajuda. Precisa da senhora, Doniana. Está chamando, sim, posso ouvir ele.

Doniana desmaia e cai com um baque no chão, Nenê volta a deitar, como se nada tivesse acontecido. A cachorra, que apesar da agitação não havia acordado, agora late alto e chama a menina. Nenê acorda assustada e logo percebe a cena, dá um pulo da cama e vem me ajudar a levantar Doniana, ainda desfalecida. O sangue escorre de sua cabeça, aproximo a vela e noto um corte na altura da sobrancelha direita. Arrastamos seu corpo inerte até a cama e a colocamos ali, recostada. A menina, depois do primeiro esforço, fica paralisada e chora muda, a fala não voltou, foi só um rompante. Eu corro para fora e pego no varal alguns panos. Faço uma compressa para estancar o sangue e chamo Doniana firme, para que ela volte a si. Funciona, aos poucos ela recobra a consciência. O corte não é profundo, mas precisaria de pontos. O dia clareia.

Quando alivio a compressa, o sangue escorre, Doniana está ainda sem forças e não consegue erguer o braço. A menina segue em choque. Grito com ela para que se mexa e saia da paralisia, a cachorra rosna para mim e tenho vontade de dar um chute no seu focinho, mas ao invés do chute, bato o pé no chão. Ela enfia a cabeça entre as patas, abaixa as orelhas e fica de olho atento enquanto ordeno à menina que vá procurar esparadrapo. Ela balança a cabeça, não tem, claro que não tem. Nem band-aid, nem gaze, cotonete, algodão, merthiolate ou mercúrio. Começo a me lembrar do meu irmão, da minha mãe, do furo no meu dedo, do choro daquele dia, da dor e da culpa. Trato de estancar as lembranças.

– Está doendo, Doniana?

– Um pouco, minha filha, a dor é não ter meu Paulo aqui.

– Vamos resolver uma coisa por vez, fique calma – respondo, pressionando ainda o corte.

A menina volta com um resto de rolo de fita isolante, peço uma cuia com água, o sabão, um pano limpo e improviso um curativo. Funciona. O sangue para, vai cicatrizar. Nesse meio tempo a menina, esperta, já colocou água para o café. Doniana vai devagar, mas firme, bebemos apressadas, caladas. O silêncio é espesso, a boca muda da menina deixa saudade daquela voz limpa. Olho para ela, fundo nos olhos, ela tenta desviar, mas não consegue, me encara e eu pergunto:

– Onde está o Paulo, Nenê? Por que ele precisa de ajuda? Vai, fala logo, menina!

Doniana me olha assustada, como se eu tivesse violando um pacto. O pacto de que minha mãe ocuparia para sempre o espaço da cozinha e de que eu jamais entraria lá com ela, o pacto de que eu nunca perguntaria sobre aquele quarto fechado, o pacto silencioso que permitia meu pai se afogar todos os dias em manchetes de jornais. Que o Serginho também não me contaria nada, como se eu fosse mais nova que ele. O pacto que eu não tive coragem de quebrar quando descobri sobre meu irmão morto, pois ninguém remexeria no que já estava assentado. O pacto que Miguel nunca faria, de verdade, frente a Jorge se Jorge também não questionasse os arranjos da minha família. A mentira que eu era protegida e, portanto, feliz.

– Não sei – Nenê responde, agora com voz de menina, diferente daquela que tinha falado há pouco. – Não vi, foi só ele chamando, agitando a mão para eu puxar ele.

Doniana ameaça desmaiar mais uma vez. Seguro no braço dela com força e ela apruma de novo na cadeira, corro paro o quarto para me trocar e pego minha bolsa largada num canto desde o dia em que cheguei.

– Vou buscar o Paulo, vocês ficam aqui. Prometo que trago ele de volta.

– Mas você nem sabe o caminho até a balsa – diz Doniana, se erguendo.

– Eu me viro, a senhora tem que repousar, e a Nenê fica cuidando da senhora.

– Tome, leve os endereços da prefeitura e da obra – diz Doniana, tirando de dentro de uma cuia um papel com anotações em letra infantil. – Que Ogum abra seu caminho

Pego o papel e quando saio pela porta vejo as duas se ajoelhando diante dos santos que agora eu conheço. Subo o barranco me apoiando nos cipós, cruzo o povoado sem me importar com os olhares hostis e sigo o percurso sem mistério, o mato pisado indica o caminho.

Vou primeiro à prefeitura e ninguém sabe de Paulo, dizem que ele deve estar na obra. Sigo para lá e fico sabendo que ele se acidentou, ninguém me explica o que houve, mas me dizem que ele está no Hospital Geral. Vou para lá de táxi, o motorista percebe minha aflição e vai costurando, desviando do trânsito pesado, me deixa na entrada principal do pronto-socorro e eu entro aflita, temendo o pior.

Depois de rodar um bocado e enfrentar a burocracia do hospital, consigo chegar até Paulo. Assim que ele me vê abre um sorriso e eu percebo que não foi tão grave. Está bem agora, já pode ir para casa. Conta que estava arrumando umas prateleiras no vestiário da obra e que tudo despencou em cima dele, mas não tinha ninguém por perto e ele teve que gritar por socorro por um bom tempo. Chegou a desmaiar, mas recobrou a consciência e chamou até alguém aparecer. Por sorte, o mestre de obra resolveu chegar mais cedo justo naquele dia. Nem tinha motivo para ir na obra naquela hora, mas resolveu ir.

Paulo quebrou um osso da perna e tem ferimentos pelo corpo e no rosto. Na queda bateu a cabeça, mas a tomografia não apontou nada, segundo o médico. Lembro-me, por um instante, da minha mãe, do coágulo e do Dr. Otávio.

Conto para Paulo sobre a Nenê, o sonho agitado, o grito e depois a voz dela dizendo que ele pedia ajuda. A queda de Doniana eu deixo para contar depois, só digo do assombro que ficamos e ao mesmo tempo da urgência que sentimos em vir procurá-lo. Conto como a voz dela foi convincente e como soubemos na hora que era real, que ele devia mesmo estar precisando de ajuda. Paulo me olha, dá um sorriso e diz:

– Eu estava chamando e ela ouviu. Não te falei que ela era santinha?

O médico entra, faz umas perguntas, confere os papéis, pede minha assinatura, como se eu fosse da família, e diz que já podemos ir para casa. Me entrega as receitas dos remédios que Paulo vai ter que tomar, recomenda repouso e boa alimentação, diz que deve voltar em duas semanas para reavaliação.

Saímos os dois pela porta do hospital e vamos juntos pelo caminho, bem devagar. Ele se apoia em mim e vai pulando com a perna engessada dobrada para trás.

Na balsa, olho o mar e antecipo o que vem pela frente, o primeiro passo será devolver Paulo a Doniana, conforme prometi. Ficarei mais um pouco para ter certeza de que eles estão bem, quero ouvir de novo a voz da Nenê, ver o nome que ela vai escolher e o que ela tem para contar.

Preciso contar para Doniana sobre meu irmão desaparecido. Ela soube o que dizer quando contei de Jorge, sabia do que eu estava falando, mesmo sem eu conseguir explicar. Francisco fugiu ou foi morto? Foi torturado e não resistiu? Seus ossos estão num cemitério clandestino, está vivo, perdido por aí, ou num fundo de jardim? Isso também eu não sei responder e não sei se Doniana vai saber. Mas quando eu contar da minha mãe ela vai entender muito bem, toda mãe sabe a dor de perder um filho. A violência, ela dirá, está entre nós o tempo todo, sorrateira, mas tem hora que pega fogo e aí todo mundo enxerga. E eu vou completar, é assim Doniana, tem hora que tudo explode, vira manchete e depois aquieta, fica nas entrelinhas, rodando em silêncios pela casa, pela cidade, por mais não sei onde.

– Vamos, Martina, chegamos – diz Paulo já se posicionando para se apoiar em mim e começar o caminho para casa.

– Vamos respondo, rindo e sentindo o peso dele em meu ombro.

Seguimos lentamente. Paulo vai aos pulos, e eu vou despreocupada. Meu ritmo é o dele, mas dessa vez eu sei o caminho. Sei que posso ir devagar ou depressa, escolhendo o meu passo. Posso conviver com o vazio ou me esparramar na cama ocupando o espaço vago, enterrar meu irmão e carregar também a sua ausência. Posso ter um cachorro, um filho ou uma filha, já tenho um lugar para eles. O mundo não existe independente de mim, então, me ponho em movimento, se eu não me mexer, nada acontece.

Flávia Bolaffi nasceu em São Paulo em 1967. Estudou Filosofia na FFLCH-USP e trabalhou como produtora cultural no Sesc-SP. Em 2012 começou a se dedicar à escrita literária. Cursou a pós-graduação em Formação de Escritores no Instituto Vera Cruz. Em 2016 foi contemplada com a bolsa de criação literária do ProAC para a finalização deste romance. Coordena oficinas de criação literária e clubes de leitura. Durante a pandemia leu *Ulysses*, de James Joyce, e se descobriu dona de casa. Atualmente desenvolve um projeto de semificção sobre a Dona de Casa que lê *Ulysses*. Desde os dez anos de idade, milita por democracia, justiça social e direitos humanos.

Edição e revisão Bruno Zeni
Capa e projeto gráfico Sílvia Nastari

Imagens de capa colagem a partir de acervo pessoal

Dados Internacionais de Catalogação na Publicação (CIP)
(Laura Emilia da Silva Siqueira CRB 8-8127)

Bolaffi, Flávia.
Martina em movimento. / Flávia Bolaffi; texto de orelha, Roberto Taddei; capa e projeto gráfico, Sílvia Nastari.
1ª ed. – São Paulo: Editora Quelônio: 2018.
(Coleção Valsa de Esquina, 6).
168 p. ; 14 x 21,5 cm.

ISBN 978-85-93229-31-2

1.Ficção: Literatura brasileira 2. Literatura brasileira: romance I. Bolaffi, Flávia. II. Taddei, Roberto III. Nastari, Sílvia.

CDU 821.134.3(81) CDD 869.93

Índices para catálogo sistemático:

1. Ficção: Literatura brasileira 869.93

Editora Quelônio

Rua Venâncio Aires, 1072
Vila Pompeia
05024-030
São Paulo - SP
www.quelonio.com.br

VALSA
de esquina

/

A literatura atual desconhece limites de gênero, estilo ou tema: o romance se fragmenta, o conto e a crônica se enlaçam, indistintos, a ficção está permeada de memorialismo e fantasmagoria, a poesia deriva para o prosaico – ou retoma, ora sarcástica, ora elevada, o rigor formal. Nessa contradança contemporânea, a narrativa, a lírica, a crônica e a memória se atracam, furtivamente, em uma valsa desencontrada.

A coleção Valsa de Esquina toma emprestado o título de um conto de Dalton Trevisan, incluído em *Novelas nada exemplares*, primeiro livro do autor. Também presta homenagem às "Valsas de esquina" compostas para o piano por Francisco Mignone.

Fontes Neue Haas Unica Pro e Bembo
Impressão Nossa Impressão
1ª reimpressão de 100 exemplares

Coleção Valsa de Esquina, volume 6
São Paulo, junho de 2018 / outubro de 2022